*l*ibretto

LA PRINCESSE ANGINE

ROLAND TOPOR

LA PRINCESSE ANGINE

roman

Préface de
MARCEL MOREAU

Dessins originaux de l'auteur

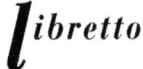

© Buchet/Chastel, Paris, 1967.

I.S.B.N. : 978-2-7529-0745-5

Roland Topor, artiste aux mille talents, fut écrivain, poète, chansonnier, illustrateur, peintre et cinéaste. Né en 1938 de parents émigrés polonais, il passe ses premières années à Paris puis en Savoie durant l'occupation nazie. Après avoir étudié aux Beaux-Arts de Paris, il publie des dessins dans plusieurs revues et collabore au journal *Hara-Kiri* dont il partage l'ironie et le cynisme. *Les Masochistes*, son premier livre, obtint en 1961 le grand prix de l'humour noir, et très vite il publia de nombreux romans, comme *Le Locataire chimérique*, *Joko fête son anniversaire* et *Portrait en pied de Suzanne*, des pièces de théâtre et des recueils de nouvelles et de dessins. Roland Topor, qui jonglait avec les modes d'expression mais sans jamais se départir de son humour à la fois tendre et cruel, réalisa également plusieurs longs-métrages et émissions télévisées, notamment le film *La Planète sauvage*, récompensé par le prix spécial du jury de Cannes en 1973. Cet artiste complet et atypique, mort le 16 avril 1997, a laissé une œuvre foisonnante à la virulence intacte.

PRÉFACE

La langue française n'est pas avare de belles sonorités. Quoi d'étonnant alors quand un fou de verbe s'éprend soudain de l'une d'elles ? Le fou de verbe a une oreille érectile, sensible à la part féminine d'un mot, ses façons pulpeuses ou ondulatoires, ce quelque chose d'elle qui l'invite au toucher, au baiser, à la séduction. Il tombe en arrêt devant ce corps verbal, ou déjà presque nu, ou encore vêtu de son froissement de soie. Le fou de verbe ne se tient plus. On le voit s'émoustiller de l'ouïe et de la vue, doucement saliver peut-être, en proie à une sorte de désir euphonique, métaphore du désir amoureux, de même émotion. C'est que la belle sonorité est sexuée, femme en son intimité, humide – pourquoi pas ? –, profonde, pour sûr, sous ses dehors frivoles.

Le fou voudrait bien faire la conquête de la belle. S'approprier cette promeneuse, parfois cette fuyante, magnifique, fût-elle de mœurs légères. Il s'imagine se retirant avec elle, dans un endroit désert, une alcôve, où il la couvrirait de caresses. Pourvu qu'elle soit consentante, se dit-il. Celle-là, il ne l'avait, jusqu'ici, jamais rencontrée.

Il est vrai que chaque jour nous croisons de belles sonorités, sans les remarquer, ni les entendre. Certaines auraient tout pour nous plaire, d'autres pour nous ensorceler, rarement elles font le trottoir, la plupart attendent l'amour. Ce sont des passantes considérables, ce que pensait Mallarmé, mais au masculin, de Rimbaud. Mallarmé est un grand poète, qu'il ne faut pas prendre au sérieux lorsqu'il parle, à propos du mot, d'*aboli bibelot d'inanité sonore*. Il n'était pas dans la nature mallarméenne d'avoir des rapports érotiques avec la langue. Ses étreintes lui valaient des délectations plus esthétiques que glandulaires. Que dirait-il de ce pullulement de coquilles vides, froides, sans substance, affectées au mensonge ou à la vénalité, qui constitue aujourd'hui l'essentiel de la communication entre les hommes ?

Je ne puis croire un seul instant que les belles sonorités que j'évoque ici souffrent toutes de cette maladie du sens qu'on appelle l'inanité. «Inanité» elle-même est une jolie créature dont il suffit de retrousser la jupe pour découvrir qu'elle est moins abstraite que sa définition ne l'indique. De ses talons aiguilles, en «i», j'ai l'impression que montent des jambes insouciantes, qui enlèvent leurs bas dans quelque conduit de mes facultés auditives, de ceux d'où la musique n'est jamais absente.

Pourtant, il advient que de belles sonorités nous déçoivent, au moment où elles s'offrent. Sous leurs splendides harmoniques, se déhanchant comme pour la danse, elles nous cachaient un contenu disgracieux. Au déshabillage, elles ne peuvent plus nous tromper sur leur réelle signification, tantôt insipide, tantôt rebutante, d'une laideur de prothèse, ou de chimie, à en décourager nos ardeurs.

Précisément, bien avant que Topor écrivît sa *Princesse*, je connus avec Angine une déconvenue de cet ordre. La belle sonorité m'avait surpris en plein barbotage dans des vocables de basse extraction, tels les résidus bruyants d'une vision diarrhéique de la vie et de l'écriture. C'était en réaction à l'empire qu'exerçait le matérialisme de la raison sur les organes vitaux de la pensée, laquelle se desséchait au même rythme que les dictionnaires.

C'est dans cet état-là que j'aperçus Angine, seule sur ma route, je veux dire dans mon encre. Je la sortis de ce mauvais pas, et elle m'en remercia, surtout quand je l'eus lavée. Je me mis à tourner autour d'elle, captivé par sa simplicité juvénile. Énigmatiquement, elle me souriait en rouge. Je la sentais gênée. De mon côté, j'avais conscience de me trouver devant un cas désespéré de sonorité belle, ô combien, mais perdue pour l'amour et ses célébrations. Je ne pouvais songer à l'aimer, vu ses origines morbides, son destin d'«inflammation des muqueuses de l'isthme du gosier et du pharynx», de quoi débander, dès l'abord. J'en voulais aux responsables de la terminologie médicale d'avoir baptisé ainsi un ennui de santé. C'était une offense de la pathologie à la mélodie. Et de savoir que la racine latine de cette angine était aussi étrangère que possible à la grecque d'angélique, ce n'était pas assez pour adoucir mon dépit, voire ma rage. D'autant qu'en regardant la belle Angine, il me sembla voir se profiler derrière elle l'affreux cortège de sa parentèle, père, mère, frères, sœurs, cousins, tous des cacophones, jugez-en : Angineux, Angiocholite, Angiologie, Angiologue, et même Angiocardiographie. C'était trop.

Du même coup, je pris la mesure de mon infortune. Elle était sans remède. Jamais je ne pourrais prénommer ma fille Angine, comme l'idée m'en était venue, un soir de beuverie prénatale, où j'avais vu des séraphins partout. Oui, je l'avoue, mon athéisme indéfectible et de bonne foi s'était obsédé d'un mot religieux, «Ange», il est vrai laïcisé depuis longtemps par le lait de la tendresse humaine. Certes, il y avait Angélique, déjà cité, mais s'opposaient à ce choix mes déboires, quelques années plus tôt, avec une certaine Angélique Vanderstichelen, native d'Issy-les-Moulineaux.

C'était clair : à la longue liste des Sabine, Aline, Marine, Justine, Karine, Nadine, Céline, je devais renoncer à ajouter «mon» Angine. Heureusement, Roland est arrivé. À la lecture de sa *Princesse*, j'éprouve maintenant le sentiment délicieux, quoique secrètement puéril, qu'il me vengeait, sans le savoir, d'avoir été dépossédé par la Science d'une sonorité avec laquelle j'eusse pu faire de grandes choses, inoubliables, sur le thème de l'Adoration. Car il se fait que je ne compte plus les élans affectifs que m'inspira Angine, d'un bout à l'autre de ce livre. Non seulement on lui pardonne tout, à la petite, ses frondes, ses entourloupes, son art de la déconcertance, ses foyers d'hérésie ingénue, mais on en redemande. Oubliées l'inflammation, la maladie, oublié l'avertissement de l'auteur... On croit à la *Princesse*, elle a l'haleine si fraîche, à torturer la langue de bois. Derrière elle, on ramasse le bois de la langue, mais ce ne sont déjà plus que copeaux, ou cendre. Rien qui n'ait été scié, haché ou brûlé du vieux discours des cons, dans sa bouche à naissances toujours inattendues. Tout l'ouvrage est à l'avenant : on y apprend un autre français, en liberté, en éclatement, une féerie de contresens plus irréfutable que le sens, et où il fait bon vivre. On y respire, à l'abri du cartésianisme, un effluve approximatif mais fort, mais enivrant. Celui-là même qui est au commencement des accords que nous tirons de nos déséquilibres, pour en obtenir une révélation, quand tant d'autres les tirent de leur rectitude, pour en gagner une rhétorique. Topor écume son mystère, son chaos, sa «biophonie». Ses torsions et distorsions du gisement langagier culminent dans une sorte de gai savoir d'une justesse qui titube, pour la meilleure des causes : le salut par les schismes.

Angine cesse alors de n'être qu'une belle sonorité, dont le contre-emploi équivaudrait, selon moi, à une malformation. Soudain, c'est du Verbe incarné, par surcroît pubère, roux de la chevelure, avec de la peau autour, et dedans des organes très discrets : la princesse est gracile, et elle court. La métamorphose a été immédiate. Je n'ai pas eu le temps de me rendre compte qu'un mot était changé en Quelqu'un, un être cher, capable de s'asseoir sur mes genoux, tout en tenant des propos qui ne sont pas de son âge. Topor a le génie, par l'écrit ou par l'image, d'agrandir le cercle de nos relations tactiles. C'est un immense sensuel.

C'est simple : on s'attache à Angine. Enfin, on voudrait bien. J'ai même rêvé d'être son aïeul… Hélas, pour elle je n'étais qu'un ailleurs. Vous verrez : essayez de la suivre. Vous croyez lui emboîter le pas, elle vous sème de ses faux pas. Et pourtant, quoi qu'elle fasse ou dise, elle ne m'est jamais plus proche que lorsqu'elle est insaisissable. C'est une déboussolante qui tourne sept fois sa couronne sur la tête avant de disparaître à l'horizon de ses mensonges. Je suis un faible, je jurerais qu'elle ne me ment point. Qu'elle soit en pleurs ou en tempête, j'avoue ma jouissance quand elle pose des questions nomades n'appelant que des réponses errantes. Sédentaires, s'abstenir. La langue est une aventure, avant d'être un cadastre.

Une fois au moins, j'eus envie de veiller sur son sommeil. Je dus y renoncer. Ce n'aurait été, là encore, qu'une filature baroque, échevelée, où je risquais davantage d'être le surpris que le surprenant. De toute façon, elle ne dort que d'un œil, l'autre fait des siennes, dans je ne sais quel pays où le flagrant délit est une rigolade. C'est dire si je me sens bien avec Angine. Grâce à l'auteur, je me la représente volontiers, désormais, comme une créature espiègle et froufroutante, appartenant à la famille que je créai jadis de toutes pièces, à la force des mots, pour me consoler de n'avoir qu'un bonzaï généalogique.

Ce n'est pas un hasard si, refermé ce livre émerveillant, me vint une émotion mauve, qui ressemblait fort à un deuil. Je ne reverrai plus jamais celle qui était devenue, en toute palpitation, et malgré elle, un peu ma nièce. Il n'y avait pas eu de miracle à Lisieux.

Pire, il n'y en eut pas à Paris, quand, le jour même de mon anniversaire, mon ami Roland s'en alla pour ne plus revenir. Cette fois, ce n'était pas un conte. Les mots se dérobent pour écrire ça. Le cœur qui saigne est comme un illettré.

MARCEL MOREAU

Avertissement de l'auteur

Lorsqu'une petite fille ne parle pas du tout comme une petite fille, il y a de fortes chances pour qu'elle n'en soit pas réellement une. Elle peut être à peu près n'importe quoi, même une maladie, ce qui n'est jamais très agréable. Pourtant, si la maladie est bénigne, on peut s'y attacher et la rendre chronique.

Bien sûr, il serait plus sage d'aller consulter un spécialiste, mais lorsqu'on s'y décide enfin, il est souvent trop tard...

Moi, j'ai cessé de fumer, mais je ne vais pas mieux.

Avertissement de l'illustrateur

Il est bien délicat de représenter des personnages dont on ignore au juste s'ils sont des petites filles ou des maladies. En désespoir de cause, l'illustrateur a préféré représenter l'énigme elle-même plutôt que de lui fournir une solution personnelle. C'est pour cette raison qu'il a composé des images largement inspirées par les rébus du XIXe siècle, ceux de Maurisset en particulier.

Chapitre I

La route était rose avec des flaques blanches. Des deux côtés, les herbes étaient mouillées. Entre les buissons, des toiles d'araignées apparaissaient en pointillé de gouttelettes. Un escargot progressait difficilement au bord du fossé.

À droite il y avait un pré qui descendait en pente douce vers un ruisseau à peine large comme la main. On pouvait dénombrer cinq saules et deux noyers. En bas se trouvait une petite maison grise, et plus loin toutes sortes de choses assez confuses comme une maison en ruine, un moulin à eau, un jardin potager, une montagne, et derrière, allez savoir.

À gauche, c'était plus simple. Il n'y avait qu'un champ labouré à perte de vue. Quand on regardait bien, les mottes de terre n'étaient pas toutes de la même grosseur, et la couleur non plus était loin d'être uniformément brune, mais en gros, il n'y avait rien de spécial.

La route, à cause de la lumière ou de la pluie, disparaissait avant l'horizon. Tournait-elle? Continuait-elle tout droit? Il fallait y aller pour l'apprendre.

Du pied, Jonathan effleura la surface de l'eau. Les fragments de son reflet, un instant éparpillés, se réajustèrent pour composer le portrait d'un jeune homme blond, de taille colossale, vêtu d'un blue-jeans et d'une chemise beige, au col ouvert. Le visage était rond, enfantin, avec des yeux protubérants, à moitié dissimulés sous les mèches claires, et une bouche grande et pleine.

L'image fut de nouveau troublée par un crachat.

Jonathan tira de son blue-jeans un paquet de gauloises fripé qui ne contenait plus qu'une cigarette cassée. Il glissa les deux bouts entre ses lèvres et les alluma simultanément à un briquet rouillé, en plissant les paupières à cause de la chaleur. Il froissa le paquet vide en boule, le jeta en l'air et l'expédia d'un coup de pied dans le fossé, où une pierre l'empêcha de rouler.

Un klaxon résonna dans son dos.

Il se retourna et eut le temps d'apercevoir la masse de l'éléphant avant d'être projeté au sol.

Lorsqu'il ouvrit les yeux, le ciel était comme tout à l'heure lointain et blanc. Quelque chose lui chatouillait le cou. Machinalement, il se donna une claque. Cela fit rire la petite fille.

Elle pouvait avoir une dizaine d'années. Elle était belle comme une femme, rousse avec des yeux verts. Sa robe mauve était sale et froissée. Sur la tête, elle portait une couronne de papier doré, semblable à celle dont les pâtissiers accompagnent leur galette pour tirer les rois.

– Vous n'avez rien, alors inutile de rester allongé pour que tout le monde vous plaigne !

– Comment est-il, Princesse ? s'enquit une voix rocailleuse, est-ce qu'il y a du sang ? S'il n'y avait pas ces fâcheux poils et ces taches de sang partout, comme le paysage serait joli !

– Il n'y a pas de sang. Vous pouvez venir, Chancelier. Monsieur fait l'intéressant, Monsieur joue les grands blessés, mais Monsieur ne paraît pas trop délabré.

– Serait-ce un espion au service de l'Ennemi ?

– Il ne semble pas.

Jonathan se souleva avec précaution, appuya de tout son poids sur la cheville foulée et s'abattit en gémissant.

Un vieillard râblé s'accroupit à côté de lui. Son visage était plus accidenté qu'un terrain montagneux et plus rouge qu'un coucher de soleil. Il sentait le vin à plein nez.

– Je ne peux pas supporter la vue du sang. C'est plus fort que moi. Je sais que pour un homme, un homme de mon âge, surtout, c'est ridicule. Mais il n'y a rien à faire. Tout petit, déjà, j'étais ainsi. Un jour ma mère s'est ouvert le pouce avec un tire-bouchon ; je l'ai accompagnée chez le pharmacien pour qu'il lui pose un pansement, eh bien, le croiriez-vous, c'est moi qui ai perdu connaissance !

– Ne dévoilez pas nos secrets, Chancelier. C'est peut-être un espion après tout. Êtes-vous un espion, monsieur ?

– Je ne crois pas, souffla Jonathan.

– Si vous me mentez, gare ! Je sévirai !

Elle se pencha avec compassion sur le jeune homme étendu et le pinça férocement à la cuisse.

– Ce n'est rien en comparaison de ce qui vous attend si vous me dissimulez la vérité.

Elle sauta à pieds joints dans une flaque pour éclabousser la figure du blessé.

– Je crois qu'il est sincère, décréta l'ivrogne. Qu'y a-t-il dans vos poches ?

– Ce qu'il y a ?

– Oui, montrez.

Jonathan extirpa un par un les objets contenus dans son blue-jeans. Il y avait le briquet rouillé, un peigne où plusieurs dents manquaient, un vieux portefeuille en peau de serpent qui perdait ses écailles, une incisive de lapin, une bague en matière plastique, une photo de magazine représentant une actrice torse nu, et quelques pièces de monnaie provenant de différents pays. Il compléta la collection par une brosse à dents qu'il tira de sa ceinture.

La petite et le vieux examinèrent avec beaucoup d'attention les objets qui leur étaient soumis. Finalement, le Chancelier

Vous n'avez rien, alors inutile de rester allongé
pour que tout le monde vous plaigne!

décida qu'il ne s'agissait pas d'objets magiques, si bien que Jonathan – quelle chance pour lui ! – pouvait les récupérer. Ils paraissaient déçus.

– Je m'appelle Angine, fit la petite. Je suis une princesse. Et lui, c'est mon chancelier, le marquis des Vitamines. Je suis une vraie princesse.

– Moi, c'est Jonathan.

– Hum...

La Princesse Angine enfonça l'index dans sa narine gauche et le tourna rêveusement.

– Qu'en fait-on, Marquis ? On pourrait le découper en menus morceaux que l'on jetterait tout au long de la route pour retrouver notre chemin.

– On pourrait le plonger dans une cuve de vin pour voir à combien de litres il équivaut.

– On pourrait le vider et le remplir de plumes pour qu'il s'envole.

– On pourrait lui faire avaler tant de sandwiches au gruyère qu'il deviendrait un grand trou.

– On pourrait l'obliger à chanter tant d'hymnes nationaux qu'il se transformerait en drapeau.

– On pourrait l'embrasser si fort qu'il fondrait de mélancolie.

– On pourrait le faire pleuvoir pour peu qu'il soit nuageux.

– On pourrait le faire suer pour peu qu'il soit brûlant.

– On pourrait l'emmener avec nous...

– Avec nous ! Y songez-vous, Princesse ? Il n'en est pas digne !

– Bien sûr, bien sûr, il faudrait le soumettre à un examen de passage extrêmement sévère.

– Voyons, vous ne pouvez pourtant pas m'abandonner ainsi sur la route, protesta Jonathan. J'ai la cheville foulée, je suis incapable de marcher.

À ras de terre, le paysage changeait du tout au tout. C'étaient les herbes qui devenaient importantes à présent. Les montagnes avaient disparu, comme les saules, d'ailleurs. Seuls les noyers demeuraient visibles, bien que considérablement tassés.

Les jambes de la petite fille étaient maculées de taches. Aux genoux, on devinait des croûtes, des écorchures, mais la couleur était d'un gris égal. La bride de l'un des souliers battait dans le vide.

Le bas du pantalon du Chancelier n'avait guère meilleure apparence, effrangé et raidi par des plaques de boue séchée. Les chaussures étaient craquelées en maints endroits, ce qui ne devait pas les rendre très étanches.

– Je ne connais personne par ici, reprit Jonathan, vous ne pouvez pas m'abandonner !

– Tss, tss ! N'en rajoutez pas. Vous adorez qu'on vous dorlote. Vous deviez être un drôle d'étudiant !

– Je ne saisis pas le rapport.

– Taisez-vous et révisez.

Angine s'assit par terre dans une flaque. La tache d'humidité s'élargit sur sa robe.

– Seriez-vous disposé à subir un examen de passage ? Si c'était le cas, nous pourrions peut-être vous emmener. Mais, attention, en cas de réussite seulement. Les places sont limitées. Avec la meilleure volonté du monde, il nous est impossible de ramasser tous les gens que nous écrasons. On dit souvent qu'une bête est encombrante. Et un homme donc ! C'est bruyant, c'est sale, ça mange comme quatre, c'est intenable. Acceptez-vous ?

– J'accepte.

Le Chancelier sursauta.

– Oh ! La cargaison !!! J'ai freiné si fort que les amarres ont dû se rompre. Et les lapins ! Mon Dieu, ils doivent être écrasés ! Et la souris blanche ! Pourvu qu'elle n'ait pas été assommée par la pendule. Et les photos ! Si les bouteilles se sont renversées, elles doivent être complètement mouillées ! Et les disques ! Ils sont sans doute rayés ! La vaisselle ! Elle doit être en miettes ! Oh ! Les poissons rouges ! Je cours réparer les dégâts.

Jonathan roula sur le côté pour le suivre du regard. Il découvrit le camion.

Il ne s'était pas trompé, tout à l'heure. C'était un vieux camion publicitaire auquel on avait donné l'aspect d'un énorme éléphant.

L'animal était couleur fraise écrasée. Sur son flanc figurait en lettres noires l'inscription suivante :

RIEN NE VAUT LE THON À L'HUILE

Le vieillard trottina jusqu'à la porte arrière qu'il ouvrit à l'aide d'une clef dorée. Il disparut à l'intérieur.
– Vous regardez notre lama ? demanda Angine.
– Non, je regardais l'éléphant.
– Vous voulez dire notre crocodile ?
– Non, l'éléphant du camion.
– Ah ! vous voulez parler de l'okapi !
– Mais non, de l'éléphant, là, sur la route.
– Imbécile, éclata Angine, « éléphant » est un mot interdit ! C'est un gros mot. On ne dit pas un éléphant, on dit une souris.
– Mais ce n'est pas la même chose !
– Qu'en savez-vous ? Ils sont de la même couleur, grise ou blanche. Ce sont également des mammifères, et ils mangent de l'herbe.
– Ils n'ont pas la même forme, ni la même taille !
– Un petit éléphant est quand même un éléphant, n'est-ce pas, et une grande souris, une souris. Donc la taille ne compte pas. Quant à la forme… c'est à s'y méprendre. Avec un peu de bonne volonté c'est absolument pareil.

— Vous allez fort !
— Non, mais vous ne voulez pas y mettre du vôtre. En clignant un peu des yeux, l'illusion est parfaite. Écoutez :

Haut les { pouces / index / majeurs / annulaires / auriculaires

fit le bandit qui n'avait aucun sens de la synthèse.

« C'est une histoire assez difficile à raconter ! Nous allons commencer l'examen immédiatement. Ne profitez pas de l'absence du Marquis pour sauter sur moi. Je suis ceinture noire de karaté.

Jonathan trembla de peur.

— Je serai d'autant plus sage que je ne peux pas bouger.
— Tant mieux. Répondez : il faut quinze minutes dix secondes pour remplir la baignoire. Quel était le problème ?
— Elle était trouée, je suppose ?
— Non, zéro, très mauvais. Le robinet marchait mal. Que préférez-vous devenir : aveugle, manchot ou cardiaque ?
— Beuh… Je ne sais pas.
— Choisissez.
— Aveugle.
— Dans le pot ! Citez-moi trois affluents du fleuve Amour.
— Je ne les connais pas.
— Enfin une bonne réponse ! Ce n'est pas trop tôt. Suis-je jolie ?
— Oui, très.
— Pourquoi ?
— Parce que… Parce que vous avez des yeux très beaux.
— Exact. Et encore ?
— Un nez très fin.
— Oui. C'est tout ?

– Une bouche ni trop grande ni trop petite et très rouge.

Angine battit des mains, emportée par son enthousiasme.

– Bravo, bravo, je vous adore !

Elle se releva d'un bond, se précipita sur Jonathan qu'elle couvrit de baisers.

– Vous avez réussi ! Marquis ! Chancelier !

Le Chancelier apparut à la porte du camion, une bouteille de vin à la main.

– Princesse ?

– Il a réussi, mon brave Marquis. Il va venir avec nous. Aidez-moi à le transporter.

Avec le secours du Marquis, Jonathan fut hissé dans le camion. On pouvait distinguer dans la pénombre toutes sortes d'objets enchevêtrés. Il y avait aussi deux lits de taille inégale, et sur le plus grand trois lapins blancs finissant un repas de lettres et d'enveloppes. Angine les chassa pour laisser la place à Jonathan.

– Il faudra acheter un autre lit, ronchonna le Chancelier. Où prendrons-nous l'argent ?

– Dans le Trésor Royal.

Le Chancelier devint cramoisi de colère.

– Pas question. Défense et interdiction. Je suis le gardien de l'héritage. Je veux qu'il soit intact à votre majorité.

– Mon pauvre Vitamines, tu dis n'importe quoi. Un petit objet de plus ou de moins, quelle importance ?

– Énorme, énorme.

Le Chancelier porta la bouteille à ses lèvres et but au goulot.

– Sans l'héritage, votre oncle ne voudra pas se charger de votre éducation et, plus tard, vous aurez besoin d'une dot pour vous marier. Il faut garder ces objets comme la poutre qu'il y a dans vos yeux. D'ailleurs, vos adversaires seraient trop heureux de ce prétexte. Ils prétendront que vous dilapidez les trésors de la Couronne. Ils exciteront le peuple contre vous et le royaume vous échappera.

– Et toi, tu n'as plus de sous ?

– L'argent de la retraite n'est pas encore arrivé. J'ai tout juste assez pour la nourriture et pour l'essence. Ensuite, votre oncle m'aidera.

– Je le sais, mon brave Marquis, tu ne seras pas oublié. Avec ta retraite et la pension que te versera mon oncle, tu pourras t'acheter des pneus neufs. Et vous, Jonathan, j'ai cru voir un billet dans votre portefeuille.

Jonathan lui tendit le billet demandé.

Plus tard, le camion se mit à rouler.

Le jeune homme ne tarda pas à s'endormir, tandis que la Princesse récitait à mi-voix une fable où il était question d'un amiral abandonné dans une arrière-boutique.

Chapitre II

Une main se posa sur l'épaule de Jonathan et le secoua. Il ouvrit les yeux dans l'obscurité.

– Comment vous appelez-vous ? J'ai oublié votre nom.

C'était Angine. Elle chuchotait.

– Jonathan.

– Jonathan, ne faites pas de bruit. Je crois qu'ils sont là. Ils rôdent.

– Qui rôde ?

– Les ennemis de la Couronne. Le Chancelier est dans la cabine. Il dort sur la banquette. J'ai peur.

– N'ayez pas peur, je suis là.

Dans le silence, la respiration de la petite fille produisait un bruit démesuré. Il parvenait à lutter avec celui des cinq ou six horloges qui se trouvaient dans le camion.

– Jonathan...

– Oui ?

– J'ai vomi.

– Quoi ?

– Je suis malade. Alors, j'ai vomi. Mais je vais nettement mieux, maintenant. Ce doit être à cause des glaces que j'ai mangées tout à l'heure avant de vous écrabouiller. J'en ai mangé quatre énormes. Oui, ce doit être les glaces.

Jonathan posa son pied valide par terre et fit un essai de marche avec sa cheville blessée. C'était possible.

– Comment allume-t-on?
– Attendez, je me lève.

Il l'entendit se déplacer, puis la lumière jaillit. Une lumière diffuse qui provenait d'une lampe située derrière un amas de meubles recouverts de housses. Angine était pâle et ses yeux cernés révélaient les tourments qu'elle venait d'éprouver. Son lit était souillé en de nombreux endroits. Elle regarda Jonathan d'un air coupable.

– J'ai mangé trop de glaces, hein?
– Sans doute. Aidez-moi à prendre les draps. Qu'en fait-on?
– On va les laisser dehors. Demain, le Marquis les lavera.
– Vous avez des draps propres?
– Oui, il doit y en avoir dans le bahut.

Jonathan refit le lit. Elle le regardait sautiller avec beaucoup d'attention, beaucoup de sérieux. Quand il eut terminé, elle lui demanda:

– Quel est votre grand nom?
– Il est imprononçable.
– Dites-le quand même. Jonathan comment?
– Pszescieradlo. Et maintenant, dormez.
– C'est un joli nom, mais le mien n'est pas commun non plus, n'est-ce pas?
– Oui. Vous ne vous déshabillez pas pour dormir?
– Je ne me suis pas déshabillée tout à l'heure parce que vous étiez là.
– Je peux sortir si vous le désirez.
– Oh! non. Maintenant ça n'a plus d'importance. Je vous connais.
– Bonne nuit.
– Bonne nuit.

Elle éteignit la lumière, se déshabilla dans le noir et se glissa dans son lit.

Jonathan palpa sa cheville. Elle était chaude et gonflée. Il lui faudrait un moment avant de pouvoir marcher normalement.

– Jonathan…
– Quoi?
– Vous voulez une cigarette?
– Oui, soupira-t-il.
– Attendez, je vous en apporte une.

Effectivement, un peu plus tard, elle s'approcha du lit dans l'obscurité.

– Ouvrez la bouche, je vais essayer de la mettre dedans.

Il ferma les yeux à temps pour ne pas être éborgné, puis l'extrémité de la cigarette s'introduisit dans sa narine gauche, parcourut la joue, remonta dans les cheveux. La fillette gloussait d'impatience.

– Je suis égarée. Où se trouve votre bouche?
– Actuellement, vous êtes trop haut. Guidez-vous sur le son.
– Là?
– Non, ce sont les oreilles.
– Là?
– Non, non, pas par là.

Sans prévenir, la cigarette fit irruption dans sa bouche. Elle entra jusqu'à l'arrière-gorge. Il manqua d'étouffer et dut se redresser pour tousser à l'aise. Angine riait comme une folle.

– Excusez-moi, je ne l'ai pas fait exprès.

Il alluma sa cigarette. À la lueur de la flamme, il entrevit son corps gracile qui s'engouffrait sous les draps. Il fuma la cigarette jusqu'au bout, éteignit soigneusement le mégot et s'endormit.

Il fut réveillé par une violente secousse. Le camion se mit à cahoter puis s'immobilisa. Le jour pénétrait par la porte qui s'était ouverte. Jonathan promena un regard ahuri autour de lui. Il régnait un fouillis indescriptible. Des vêtements sales jonchaient le sol, des ustensiles de cuisine voisinaient avec de vieilles chaussures. Une baguette de pain entamée gisait sous l'armoire parmi les flocons de poussière. Tout un peuple invisible s'agitait furtivement dans l'ombre. La petite et le vieux devaient être à l'avant.

Il s'habilla avec difficulté, gêné par sa cheville. Il ne pouvait même plus se déplacer en sautillant; le moindre geste le faisait grimacer.

La tête du Chancelier apparut.

– J'ai crevé, dit-il. Vous n'avez pas vu la roue de secours?
– Non.
– Alors, je dois l'avoir mise ailleurs.

Il repartit. Ensuite, ce fut au tour de la Princesse. Elle méritait autant ce titre par la grâce et la dignité de son maintien que par sa couronne de papier, laquelle était en piteux état. Rien ne pouvait se lire sur sa figure des malaises de la nuit. Elle eut un sourire espiègle.

– Je me souviens de votre nom, c'est Piesradlo.
– Pas tout à fait, enfin ce n'est pas mal.
– On a crevé, fit-elle, vexée. Le Marquis change la roue. Savez-vous ce qu'il m'a dit avant-hier? Qu'il ne voulait pas manger du blanc de poulet mais du pied-de-poule. Voulez-vous venir à l'avant avec nous?
– Je veux bien, mais je suis incapable de marcher. Ma cheville est très enflée.
– Un peu de modestie ne vous ferait pas de mal. Devinez à quoi j'ai rêvé cette nuit.
– Je ne sais pas. Aux glaces?

Elle gloussa.

– Quel nigaud vous êtes! Je n'ai pas rêvé, cette nuit. C'était pourtant évident.

Elle approcha son visage comme si elle voulait l'embrasser.

– Regardez mes yeux, ils sont verts, n'est-ce pas ? Eh bien ! lorsque j'ai rêvé, ils deviennent franchement grenat. C'est simple. Vous avez faim ? Alors il y a une surprise pour vous, dehors.

Quand le Chancelier eut finit de changer la roue, il aida le jeune homme à sortir du camion. Celui-ci était garé sur le bas-côté de la route. Un torrent coulait à proximité. Plus loin, des vaches dans un pré examinaient l'éléphant avec une curiosité morbide. Malgré le soleil qui brillait dans un ciel pur, il ne faisait pas très chaud.

– Voilà pour vous, s'écria Angine, en désignant les vaches, du lait et de la viande au petit déjeuner, ce sera suffisant. Découpez-en vite une. Nous vous avons attendu pour manger ; nous mourons de faim.

Elle tendit à Jonathan un couteau de cuisine.

– Comment ? Vous voulez que je tue une vache ?

– Vous avez faim, oui ou non ? Vous avez dit oui, alors qu'est-ce qui vous retient ? La qualité de la viande ? Elle a l'air tendre. Qu'en pensez-vous, Chancelier ?

– Elle semble excellente. Bien préparé, le civet de vache est un régal qui ne laisse pas indifférentes les mouches elles-mêmes. Pourtant, Dieu sait si elles sont difficiles ! Notez, Princesse, que ces bêtes peuvent être vénéneuses. Nous devons nous méfier de tout dans notre position.

– Il serait plus sage de manger au restaurant, mais les risques subsisteraient. Certains cuisiniers empoisonnent jusqu'à leurs menus. D'ailleurs, nous n'avons pas assez d'argent. Décidez-vous, Jonathan. Il est midi passé.

– Est-ce que nous ne sommes pas un vendredi ? demanda soudain le Chancelier.

Ils comptèrent tous ensemble sur leurs doigts. C'était bien un vendredi.

– Le vendredi, la viande a un goût de poisson, expliqua le Chancelier, or je déteste le poisson.

... le civet de vache est un régal...

Ils se contentèrent donc de lait en poudre et de thon à l'huile. Il y en avait assez pour nourrir dix hommes. Après quoi, installés dans la cabine avant, ils reprirent la route.

Ils tenaient tous les trois à l'aise sur la banquette. Elle était assez confortable, malgré son aspect peu engageant. La sorte de caoutchouc dont elle était faite s'écaillait, laissant apparaître des plaies blanchâtres dans le vert sale.

Le tapis de sol était jonché de détritus variés, plus ou moins recouverts de boue. Les cahots de la route faisaient aller et venir plusieurs objets cylindriques tels que bouteilles, boîtes de conserve ou gobelets en aluminium.

L'odeur d'essence était presque insoutenable. On finissait par s'y habituer pourtant, ainsi qu'au bruit de casserole du moteur.

La petite était assise entre le chauffeur et Jonathan. Elle avait dû se laver, puisqu'elle avait encore du savon dans les oreilles, se peigner aussi, car sa chevelure rousse était moins désordonnée que la veille, mais elle ne s'était certainement pas changée. Sa robe ressemblait à un chiffon, ses socquettes à des pansements sales. La bride cassée de son soulier n'avait pas été réparée.

Le vieux n'était pas plus présentable.

Sa barbe avait poussé, nivelant un peu les accidents du terrain mais répandant en contrepartie une ombre malsaine sur l'ensemble du visage. Lui non plus ne s'était pas changé. Il portait comme la veille un complet marron à fines rayures claires, une chemise de coton blanche et une cravate en tricotine noire. Enfin, on devinait qu'à l'origine il avait dû en être ainsi.

Le Chancelier conduisait avec une irrégularité remarquable. Tantôt il poussait de folles pointes de vitesse, tantôt, et ceci sans raison apparente, il se maintenait à l'allure d'un piéton obèse. Parfois, il donnait de brusques coups de frein, parfois il détournait le camion afin d'éviter d'invisibles obstacles. Dès qu'il avait touché au levier des vitesses, il buvait au goulot d'une bouteille de vin qu'il tenait de la main droite.

C'était très fatiguant pour les nerfs.

— Où allez-vous? questionna Jonathan, les yeux fixés sur la route.

— Chez mon oncle, répondit Angine. Puisque vous m'avez posé une question, j'ai le droit de vous en poser sept. Si vous donnez votre langue au chat, je vous débarque.

— Ne pourriez-vous pas remettre ces questions à plus tard? Je suis un peu fatigué.

La Princesse regarda le Chancelier d'un air entendu et celui-ci, au mépris du danger, fit de même. Le camion, déporté sur la gauche, frôla un autocar qui venait en sens inverse.

— Si Monsieur est trop fatigué pour répondre à sept malheureuses questions, il l'est beaucoup moins pour en poser une, et de son invention encore! Alors qu'il est bien plus difficile d'inventer des questions que d'y répondre!

Un long silence boudeur suivit cette déclaration. Jonathan finit par céder.

— Je répondrai si le Chancelier regarde droit devant lui.

— Ne vous inquiétez pas, il ne nous espionnera pas. Je vais lui bander les yeux.

— Non, s'il vous plaît. Je réponds sans condition.

— Première question: Les centaures sentent-ils mauvais des sabots?

— Uniquement lorsqu'ils ne se lavent pas. Les centaures férus d'hygiène qui prennent leur bain hebdomadaire n'exhalent pas la moindre odeur malhonnête.

— Vous entendez, Chancelier? Ne me racontez plus que vous êtes un centaure! Deuxième question: Combien de temps contient une montre?

— Une quantité variable. Pour l'évaluer avec précision il

faudrait s'adresser à une autruche. Elles ont sur l'horlogerie des connaissances illimitées.

– Trois : Quelle était la couleur du cheval blanc d'Henri IV et celle d'Henri IV par-dessus le marché ?

– Henri IV était vert de peur, ce qui rendait son cheval rouge de honte. Et vice versa.

– Quatre : A-t-on le droit d'écrire « AVARE » avec un seul « A » ?

– Oui, si on manque de place.

– Cinq : Possède-t-on une oreille pour le français, et une autre pour l'anglais ?

– Cela peut arriver lorsqu'on possède également deux langues.

– Six : Êtes-vous un révolté ?

– Oui, malheureusement, dès que je ne suis pas content.

– Sept : Qu'ont donc les culs-de-jatte que les petits bateaux n'ont pas ?

– Une maman.

Le Chancelier lâcha le volant pour applaudir des deux mains. Le camion fit une embardée et monta sur le talus. Sans s'émouvoir, le vieillard reprit la direction du véhicule.

– Mon garçon, vous vous en êtes bien tiré. Je m'y connais en hommes. Vous irez loin. C'est de gens comme vous dont la Princesse a besoin pour combattre l'odieuse conspiration ourdie par la répugnante Mme Gujine, et par le sinistre Kolbetov, avec la Duchesse Biscotte, le Margrave de Gruyère et leurs nervis. Cette sinistre engeance a étendu ses tentacules sur notre bien-aimé royaume. Le peuple, trompé, excité, abusé, s'est révolté. Vous savez comment vont les choses. Bientôt les penseurs s'en mêleront, puis la science, ce sera l'anarchie. On punira les coupables, on ouvrira les écoles, on fondera des musées, ce sera l'abomination. Certes, la Princesse est restée populaire. Elle n'avait qu'un mot à dire pour garder le pouvoir. Mais quel mot ? Il est dur de parler aux illettrés ! Ils risquent de prendre un mot pour un autre, de se vexer, de se fâcher. Non, croyez-moi, il vaut mieux ne rien dire et s'enfuir. Comme vous savez, je ne supporte pas la vue du sang. Celle du mien m'est particulièrement odieuse! Le Margrave et la Duchesse, conseillés par les rusés Gujine et Kolbetov, ont habilement exploité la situation. Ils s'acharnent sur la Princesse pour la dépouiller, l'abattre, l'anéantir et me retirer le pain de la bouche. Moi je suis trop faible pour lutter contre eux. Il fut un âge où j'aurais fièrement relevé le défi. Mais qui puis-je espérer vaincre, aujourd'hui, avec ma retraite des vieux et mes varices? Mes dents sont cariées, mon ventre ballonne, de petites croûtes scellent mes paupières lorsque je m'éveille, mes os grincent. J'éprouve pour les bonbons une passion suspecte. De ville en ville, je cours à la poste restante pour toucher ma retraite, en vain. Elle doit me suivre ou me précéder. Jeune homme, si vous étiez d'accord avec une seule syllabe de mon discours, nous aurions l'occasion de fêter cette entente cordiale en buvant une bouteille de vin. Oui ou non?

– D'accord.

Le Chancelier stoppa l'éléphant et se mit à pousser des cris inhumains.

– Il est heureux, expliqua Angine. Il n'en a plus l'habitude. La crise risque de le terrasser. Dites-lui vite quelque chose qui le rende malheureux.

– Chancelier, hurla Jonathan pour dominer les vociférations de l'ivrogne, la seule syllabe qui me donne satisfaction est la syllabe «non».

Le vieillard se calma. Il reprit sa couleur normale, c'est-à-dire rouge brique.

– Je ne sais pas ce qui m'est arrivé, dit-il en jetant des regards étonnés autour de lui, j'ai dû avoir un cauchemar.

– Vous m'arrêterez devant un bureau de tabac, demanda

Jonathan, comme le camion démarrait, j'achèterai des cigarettes.

– Et moi je remplacerai mes bouteilles vides par des bouteilles pleines.

– Vous me ferez penser à acheter de l'herbe pour les lapins, intervint Angine. Celle de la route est si mauvaise qu'ils sont tous froids et immobiles.

– Comment, Princesse! Les lapins? Le trésor fond à vue d'œil. Je suis un misérable qui mérite bien une bosse.

Le camion quitta la route et s'en alla percuter un poteau surmonté de l'inscription suivante : «Bienvenue à LOURDES». Par bonheur, la trompe de l'éléphant amortit le choc.

L'ivrogne dégagea le camion et pénétra dans ce qui avait dû être une ville un jour.

– Je suis un misérable, murmura-t-il, les mâchoires serrées, mais je saurai reconnaître un bureau de tabac!

Chapitre III

Jonathan fumait une cigarette, allongé sur son lit. Le camion était garé devant la Poste, où le Chancelier s'était rendu en compagnie d'Angine dans l'espoir de toucher enfin sa pension.

Il y avait un tas de vieilles cartes postales et de lettres près de lui. Il en prit une poignée. Toutes émanaient d'expéditeurs différents et portaient mystérieusement comme destinataire : « Monsieur Courant d'Air – 3412 ».

Au dos d'une carte représentant un petit garçon à la chevelure bouclée, assis sur une sorte de trône, il lut :

> Mon très cher ami, j'espère que vous me permettrez de vous appeler ainsi, plutôt que de dire Mademoiselle ou Monsieur, ce qui est bien cérémonieux, mon très cher ami, donc, je commence par vous apprendre que je suis Roselle, une des sœurs de Babylas, et par vous envoyer un bonjour affectueux. Vous saurez que l'autre jour, nous étions, mes onze sœurs et moi, appliquées à faire nos devoirs dans la salle d'étude quand Monseigneur arriva.
>
> – Mes enfants, nous dit-il, je suis venu vous faire un plaisir et un chagrin. C'est-à-dire un plaisir à l'une d'entre vous et un chagrin à une autre. Toi, Roselle, qui as une si belle écriture, coupe douze petits morceaux de

papier ; écris sur chacun d'eux un prénom. Tu mettras les douze papiers dans la corbeille, et Roselinette, qui est la plus jeune d'entre vous, les tirera un à un.

Eh bien ! mon cher ami, c'est à moi qu'échut la joie et le chagrin fut pour Rosalba. Je vous embrasse. Roselle.

Jonathan se gratta la tête en contemplant le texte qu'il venait de déchiffrer. Il l'abandonna pour s'attaquer à une longue lettre tachée par l'humidité :

Mon cher Courant d'Air ; donne-moi des nouvelles de ce pauvre Oiseau-Mouche, ainsi que des tiennes, puisque tu es encore souffrant, et sois assuré que j'aurais bien de la joie si elles sont bonnes, car je vous aime tous les deux. Transmets le bonjour de Violette Russe à Crème au Chocolat, de Little Pussy à une fillette d'une douzaine d'années ayant un frère qui s'appelle Jean, de Muguette du Montcel à Sapin du Jura, de Mademoiselle X à Riquette sans Houpe, de June Flower à Eva Porée, de Reflet du Danube à Gerbe d'Or, de Perce-Neige du Cher à Comtesse aux Pieds Nus, de Fiametta à l'Aînée des Bruyères des Pyrénées, de Petit Bout de la Famille à Miss Tay Rieuse, de Fil Électrique à Sabots de la Vierge, de Kem-Haryre à Amiral Quand-Même, de Muguet du Grand-Père à Zizi-Pampan...

Jonathan ne prit pas la peine de continuer. Une autre carte postale paraissait plus récente. Elle représentait un jeune homme et une jeune fille étroitement enlacés au fond d'une barque avec, se reflétant dans la mer, une lune en forme de cœur. Derrière, adressé au même Courant d'Air, ce curieux message :

Premier baiser, amour, tendresse, amitié, souvenirs, poignées de main, réclamations de Confidence, de Brise du Désert, de Franchise Postale et de Glace au Chocolat.

– Je le savais que vous étiez un espion ! clama Angine surgissant derrière Jonathan. Vous fouillez dans mes affaires ! Eh bien ! figurez-vous, monsieur, que c'était justement un piège ! Vous allez être fusillé.
– J'ai peut-être été indiscret, mais je m'ennuyais sans vous, et ces lettres étaient là… D'ailleurs, je n'en comprends pas un mot.
– Bien sûr, vous vous croyez plus malin que tout le monde. Ce sont des lettres magiques.
– Qui est Monsieur Courant d'Air ? C'est votre père ?
– Inutile de me poser des questions, je ne vous répondrai pas. Est-ce que vous voulez voir fonctionner une lettre magique ?
– Avec plaisir.
– Alors, attendez. Il faut que j'aille prendre de l'eau. Il y a une fontaine tout près. Je reviens.
Effectivement, Angine ne tarda pas à reparaître avec une casserole pleine d'eau qu'elle fit chauffer sur un réchaud à alcool. Quand l'eau se mit à bouillir, elle y plongea quelque chose.
– Maintenant, je vais vous montrer comment l'on procède.
Elle choisit une lettre dans le tas et commença la lecture à haute voix :

LA SIRÈNE DE MIDI

Ses yeux manquent peut-être d'expression, surtout quand elle est frite. Mais quel régal, quand il s'agit de

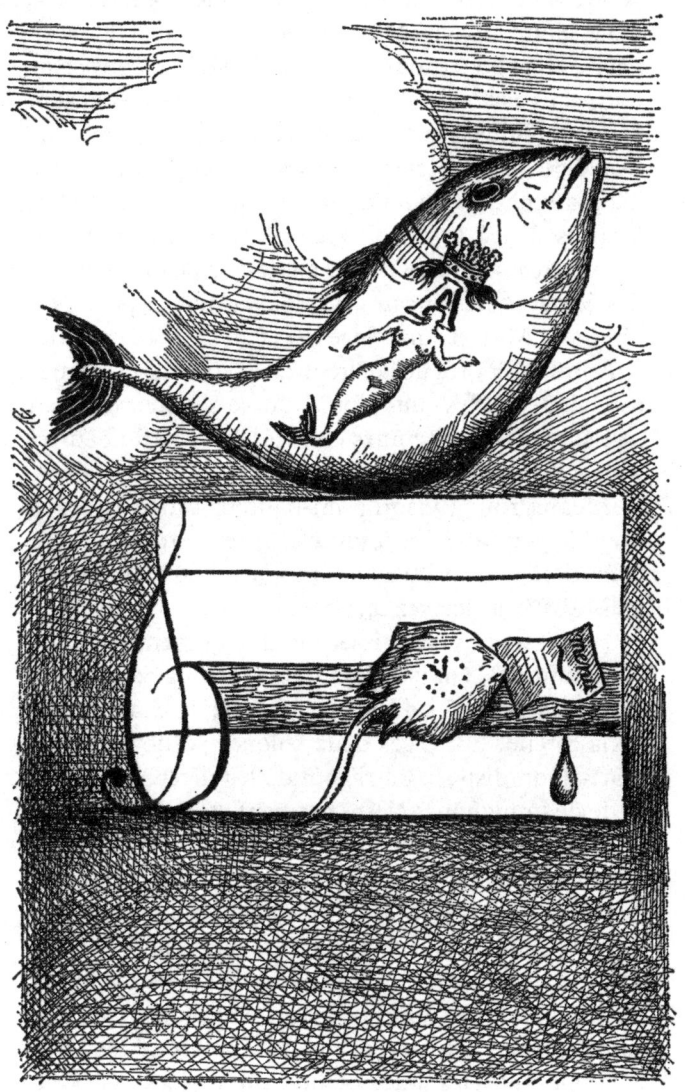

Ses yeux manquent peut-être d'expression...

la Sirène de Midi à la chair grasse et fine, honneur de la table, gloire des lacs. D'une délicatesse qui lui fait honneur et d'un goût exquis, la Sirène de Midi se trouve partout, mais partout elle est rare. Les plus estimées nagent dans les grands lacs des Buttes-Chaumont et du bois de Boulogne. Son poids est souvent de cinquante-quatre kilogrammes. Toute différente des autres sirènes, elle a le corps élancé, la tête bien faite, le nez pointu. Sa robe est à carreaux, lisse et douce comme sa peau. Ajoutons des écailles fines et rares que le cuisinier respecte. La Sirène de Midi est un relevé hors ligne. Voici sa recette.

Après avoir drogué la Sirène de Midi, vous en piquez la chair de truffes cuites, puis vous la couchez dans un plat sur un lit de légumes émincés. Mettez du beurre, assaisonnez, couvrez de bardes de lard et de vin de Bordeaux rouge jusqu'à mi-hauteur du plat ; faites bouillir pendant dix minutes. Après cette première opération, vous passez au tamis la cuisse de la Sirène de Midi. Vous délayez un petit roux que vous liez avec cette cuisse, et vous laissez cuire lentement pendant vingt minutes. On la sert entourée de quatre colonels décorés aux truffes du Périgord, deux de chaque côté de la Sirène. Entre ces deux colonels, d'un effet très martial, on dispose un ragoût de laitances, de truffes et de champignons : c'est charmant et délicieux.

Braisée dans le vin blanc, la Sirène de Midi est parfaite. Quelques gourmets la préfèrent au court-bouillon, servie soit avec une garnison anglaise, soit avec une garnison suisse. Exquise aussi, la Sirène de Midi farcie à la hauteur de la blouse selon les principes d'Archimède, et l'on bride avec soin sa jolie tête pour en conserver la forme originale. La Sirène de Midi ennoblit toutes les sauces. Dorée sur le gril, servie avec un ragoût d'oreilles de souris blanche, elle est excellente. Au bleu, c'est un régal. Cuite dans la cocotte, humectée de larmes brûlantes, mouillée d'un bon bourgogne, elle aime à mijoter dans les vapeurs odorantes de l'oignon, du persil, de la sauge, de la ciboulette, du thym, de l'estragon et du laurier.

Quand la Sirène de Midi est dans la fleur de l'âge, grassouillette et spontanée, une adolescente, je la veux frite sous une coupole de persil artistement rissolée.

Marinée dans du vinaigre rosé d'Orléans, avec thym, muscade et laurier, on l'enfarine très coquettement pour la glisser dans la poêle fumante. À moitié cuite, jetez-la dans une fosse d'aisances avec des œufs roulés dans la farine, de sorte que ces bouchées choisies aient l'aspect d'un mets doré.

Saupoudrée de sel fin, la Sirène de Midi, couronnée de semences et d'œufs, fait une apparition acclamée sous son dôme de persil.

Savourez la Sirène de Midi, réjouissez-vous de sa chair excellente, amie du sauterne, mais, pour la quiétude d'une digestion heureuse, ne regardez pas ses yeux auxquels la friture a mis comme un voile d'or, et dont l'expression mystérieuse rappelle le regard vague et troublant d'une momie du temps des pharaons. Faites plutôt dire une messe pour le repos de son âme, et pour celui de la vôtre.

Angine reprit sa respiration et courut vers la casserole dont l'eau se recouvrait d'écume.

– Où est la magie ? demanda Jonathan, qu'est-ce que cela signifie ?

– Ça ne veut rien dire, mais l'œuf à la coque est juste à point. Mangez. Vous m'en direz des nouvelles.

Elle le sortit de la casserole et le cala dans un petit verre. Du pain et un quart de beurre le rejoignirent sur la table.

– Si je comprends bien, le texte que vous m'avez lu sert uniquement à mesurer le temps de cuisson d'un œuf à la coque ?

– N'est-ce pas merveilleux ? Je n'ai plus besoin de montre. La lettre me suffit. C'est un grand magicien qui en a fait cadeau au Roi mon père.

– Où est le Chancelier ? A-t-il touché son argent ?

– Non, ce n'était pas encore arrivé. Il a été vendre son alliance.

– Il est donc marié ?

– Naturellement. Il a même des enfants. Une vingtaine, je crois. Mais ils sont très malades. Sa femme est riche. Elle possède plusieurs maris.

– Et la Reine votre mère ?

– Comment ? Ignorez-vous que la Reine a été transformée par la méchante Gujine en armoire à glace et qu'elle se trouve avec nous dans ce camion, vêtue de notre plus belle housse ? Je ne peux pas la retirer, car ce ne serait pas convenable de voir la Reine toute nue.

– Où demeure votre oncle ? Est-ce loin ?

– Ce n'est certainement pas tout près, car si cela était nous y serions déjà.

Angine repoussa un tas d'objets pour atteindre une table de nuit dont elle ouvrit la porte. À l'intérieur se trouvaient empilées plusieurs boîtes de conserve. Elle en choisit une qu'elle ausculta avec le plus grand sérieux.

– Dieu merci, les poissons rouges sont bien portants ! Quand ils seront mûrs, nous les cueillerons. Maintenant, c'est encore trop tôt. Ils sont verts et donnent la colique. La cueillette des poissons rouges est très amusante. Les jeunes gens et les jeunes filles chantent et dansent. On entasse tous les poissons dans de grandes cuves, et on piétine dessus, pour en extraire le jus. Il faut faire attention à cause des arêtes. Plus tard, on boit du jus de poisson toute la nuit. Voulez-vous entendre un poème ?

– Si c'est un poème magique, oui. L'œuf était très bon.
– C'est un poème magique. Il a le pouvoir de réveiller les gens qui n'ont aucune envie de dormir. Ne sursautez pas : il n'y a pas deux vers qui riment.

Pour exprimer la joie : Ah! Bon!
Pour exprimer la douleur : Aïe! Hélas!
Pour exprimer l'admiration : Ah! Eh! Oh! Bravo!
Pour appeler : Holà! Psitt!
Pour exprimer un ordre : Halte! En avant! Suffit!
Pour recommander le silence : Chut! Silence!
Pour marquer le soulagement : Ouf!
Pour exprimer un bruit : Pif! Paf! Clic! Clac!

– C'est un poème très émouvant. J'avais l'impression d'avoir deux chevilles douloureuses en l'écoutant.

Le Chancelier entra en titubant. Il tenait à la main un filet à provisions plein de bouteilles de vin.

– Princesse, il faut fuir! J'ai rencontré plusieurs de vos ennemis en ville. Kolbetov nous suit à la trace, Gujine n'est pas loin. La révolte gronde. Partons!

Il perdit l'équilibre et tomba à la renverse.

– Pourras-tu conduire, mon pauvre Chancelier?
– Je tenterai l'impossible. Allons dans la cabine. Nous avons déjà perdu trop de temps.

Il se releva après de nombreux essais infructueux. Jonathan intervint :

– N'est-ce pas ce qu'ils attendent?
– Que voulez-vous insinuer?
– Si vous avez été suivis jusqu'ici, ils vous suivront plus loin encore. Il est préférable de faire semblant d'ignorer leur présence, pour leur fausser compagnie le moment venu.
– Qu'en penses-tu, Marquis?
– C'est une idée. Une idée comparable à celle utilisée jadis par mon ancêtre à la bataille de Vanipapar. Il était à la tête d'une poignée d'hommes, poursuivi par les forces considérables de

Slavomir Canard. Las de fuir mon ancêtre se rendit, et n'eut pas à s'en plaindre! Il finit la guerre dans une douce ambiance de paix. Puisque nous demeurons, je sors. Je dois surveiller les événements de plus près. À tout à l'heure.

Le Chancelier s'en alla à reculons, sous le regard compatissant d'Angine.

– Pauvre Vitamines! Il est très fatigué, sa blessure doit le tourmenter.

– Il est donc blessé?

– Bien sûr! On a émis des billets de loterie avec son portrait. Il a eu la tête coupée au cours d'une partie de chasse à l'homme. Heureusement, sa nature robuste a repris le dessus! Je n'ai que lui. Si je le perdais, les autres auraient vite fait de me dépouiller.

– Il y a longtemps que vous avez perdu votre père?

– Non, un siècle au maximum. Nous avions fixé un rendez-vous, malheureusement j'ai oublié l'endroit et l'heure. Enfin, si c'est dans un café, il consommera en m'attendant.

Elle saisit le bas de sa jupe et chercha une ouverture dans l'ourlet. Quand elle l'eut trouvée, elle en retira avec deux doigts une feuille de papier pliée en long. Elle la défit minutieusement avant de la tendre à Jonathan.

– Vous pouvez la lire, il n'y a rien de personnel.

Il cala sa tête sur l'oreiller et lut à voix haute.

> Ma chère Angine, j'ai découvert un certain nombre de choses que tu dois savoir un jour. C'est dans ce but que je confie la présente lettre à Vitamines. Il te la remettra lorsqu'il le jugera bon.
>
> Ma chère Angine, il n'y a pas de Père Noël. C'est moi qui mettais des jouets dans tes souliers et non lui. À l'époque, je n'avais pas encore découvert qu'il n'existait pas. Je voulais lui épargner du travail. Il faut donc me pardonner de t'avoir dit des choses fausses.

Il n'y a pas non plus de petite souris. En tout cas, ce n'est pas elle qui dépose un cadeau à la place de tes dents dans un trou du mur.

Ma chère Angine, les petits enfants ne naissent pas dans les choux ni dans les roses. Je le croyais parce qu'une fois il m'est arrivé de trouver un petit garçon dans un chou et une autre fois de découvrir une petite fille dans une rose. On m'a expliqué depuis que c'était très rare et que j'étais le seul à en avoir vu. On m'a dit qu'ils poussent habituellement dans le ventre de leur mère, ce qui me paraît assez incroyable, mais un professeur de faculté me l'a confirmé.

Après toutes ces mauvaises nouvelles, j'en ai une bonne à t'apprendre. Je sais enfin ce qu'est cette mort dont on parle tant. C'est une espèce de gâteau, le milieu entre le chou à la crème et la tarte aux fraises, d'un goût très particulier, paraît-il.

Je t'embrasse avec beaucoup de précautions pour ne pas te salir.

Ton père.

– Est-ce que vous avez déjà goûté de ce gâteau dont parle papa ?

– Je n'ai jamais tellement aimé les sucreries, répondit Jonathan.

Vous pouvez la lire, il n'y a rien de personnel.

Chapitre IV

Jonathan avait fermé les yeux.

Les clameurs de la ville parvenaient jusqu'à lui. Une infinité de sons de provenances diverses se fondaient pour composer ce chaos musical qui était l'expression même de Lourdes. On distinguait des bribes de chants religieux, des appels, des supplications, des prières, des sonnettes, le chuintement des pneus sur la chaussée, les klaxons de voitures, des rires, des boniments de camelots.

Il était difficile de savoir l'heure, car la lumière du jour ne pénétrait pas à l'intérieur du camion. La porte qui constituait la seule ouverture était fermée. Les nombreuses pendules n'aidaient pas à éclaircir le mystère, car elles sonnaient toutes les dix minutes, en dépit du bon sens. Ce devait être la fin de l'après-midi.

– Est-ce que vous êtes instruit ?

Il ouvrit les yeux. À la lueur de l'ampoule électrique Angine paraissait plus douce. Ses taches de rousseur attiraient moins le regard. Elle était plus aimable, moins superbe.

– Vous avez beaucoup vécu, hein ?

– J'ai surtout été malade.

Angine haussa les épaules d'agacement.

– Et voilà. Avec vous impossible de discuter. Vous défendez exprès des opinions idiotes pour vous faire plaindre.

Elle se laissa tomber de tout son poids sur la cheville de

Jonathan. Les yeux du jeune homme doublèrent de volume. Il arrondit les lèvres et produisit un sifflement aigu.

– Qu'est-ce qui vous prend?

– C'est un truc pour ne pas crier, parce que vous êtes assise sur ma cheville. Lorsque j'y pense à temps, il fonctionne très bien. Ne pourriez-vous pas vous lever? Je crois que je vais m'évanouir.

– Certainement, inutile de dramatiser. Vous ne possédez même pas de système nerveux, vous pensez en avoir un, c'est tout. Je vais vous préparer un bain de pieds. Ça sortira les poissons rouges. Ils doivent s'ennuyer dans leur boîte. Quand ils s'ennuient, ils font des saletés.

– Tiède, s'il vous plaît.

– Il sera tiède à un moment ou à un autre, c'est tout ce que je peux vous promettre. Ne confondez pas les poissons rouges avec le savon. Une fois le Chancelier en a tant frotté un contre son dos qu'à la fin il ne lui restait plus qu'une poignée d'arêtes. Il s'est lacéré le dos, et il sentait encore plus mauvais qu'avant le bain.

– Je serai vigilant.

Il plongea avec délices ses pieds dans l'eau tiède. Angine était occupée à ouvrir les boîtes de thon à l'huile. Elle les vida ensuite dans la cuvette.

Il réussit à retirer son pied gauche, mais le droit, avec la cheville foulée, était recouvert d'huile et de miettes de thon.

– Les poissons rouges sont pâlots, constata Angine dépitée. Ceux à la sauce tomate ont meilleure mine.

Elle alla jeter le contenu de la cuvette tandis que Jonathan s'exerçait à boitiller.

– Le bain m'a presque guéri.

– Vous pourrez bientôt marcher et vous en aller. Ouf! Bon débarras!

– Pourquoi dites-vous cela? Le pensez-vous réellement?

– Vous n'êtes pas mon type d'homme, ah, mais non! pas du

tout alors. Vous êtes une poule mouillée. Toujours en train de pleurnicher. J'aime les hommes avec des cicatrices, qui ont de la barbe et qui se battent en duel. Vous, vous êtes lisse partout.

– Pas tellement.

– Vous devez ressembler à un miroir lorsque vous vous déshabillez. J'aime les vrais hommes, ceux qui ressemblent à des singes.

– Vous me faites de la peine !

– Non, ne pleurez pas. Je vais vous offrir un jouet.

Angine courut au fond du camion et en revint munie d'une petite mallette.

– C'est une machine à écrire.

Elle sortit la machine qu'elle posa devant lui. Une feuille était passée dans le rouleau.

– Que voulez-vous que j'écrive ?

– Élastique.

Les doigts de Jonathan palpitèrent sur les touches.

– Voilà. Élastique.

– Vous n'êtes pas un bon écrivain. Passez-moi la machine.

Elle tapa à son tour.

ÉLASSSSSSSSSSSSSSSSSSSSSSSSSSSTIQUE

– Voilà. C'est ainsi qu'il faut l'écrire. Ou comme ceci si on le détend :

ÉLTIQUE

– Je ne me suis jamais posé le problème de cette façon.

– Savez-vous que j'ai inventé une ponctuation ?

– Vraiment ? Laquelle ?

– Le point de négation. Vous n'ignorez pas qu'il existe un point d'interrogation, un point d'exclamation, mais aucun point de négation. C'est injuste. Avec mon point de négation, il ne sera plus nécessaire de mettre « non » ou « pas » dans les phrases négatives.

– C'est une idée. À quoi ressemble votre signe ?

J'aime les hommes avec des cicatrices...

– C'est un V cédille.
– Pourquoi un V cédille ?
– Le V, c'est le mouvement décrit par un index qui fait « non, non », et la cédille c'est pour le distinguer d'un V ordinaire.
– Écrivez-moi une phrase avec votre système.
– Voici :

                Je vous aime Ṿ

– Vous serez peut-être une femme de lettres plus tard !
– En attendant je suis une princesse. C'est beaucoup mieux. Savez-vous ce que vous venez de faire ?
– Non.
– Regardez.

Ses doigts pianotèrent :

        Vous avez allumé une cigarette
        Vous avez fumé la cigarette
        Vous avez fumé la cigar
        Vous avez fumé la ci
        Il ne vous reste qu'un mégot.

Jonathan applaudit.
– Encore !
– Je vais vous écrire la ballade de l'amnésique :

            Je n'ai rien oublié
            Je n'ai rien
            Je n'ai
            Je n'
            Je
            ?

« Voilà, c'était la ballade de l'amnésique. Autre chose :
    Mais si, il peut y avoir de la fumée sans
« Vous avez compris ? Et ça :
    Le petit Mortimer s'est nooooyé dans la rivière.
– Pourquoi tous ces O ?

– Ce ne sont pas des O, ce sont des bulles ! Regardez :
CIAVIONEL
« Cela signifie : Il y a un avion dans le ciel. Et cette histoire, vous la connaissez?

Le cerceau roulait, ruolait, ruloait, rulaoit, rulaiot,
rulaito, rulait ……………..O.

– On voit que vous êtes observatrice ! Vous aimez les cerceaux?

– Oui, mais j'en ai eu O. Avez-vous déjà vu : « Une victi courir après son voleurme ? »

« C'est le Chancelier qui a inventé ce poème.

– Il écrit, lui aussi?

– Oui. Des poèmes uniquement. Ils me sont tous dédiés. Désirez-vous en entendre?

– Avec plaisir.

– Le premier c'est : « Avec les flocons Angine vous réussissez dans le minimum de temps mille et un plats délicats : les croquettes gonflent à coup sûr, le soufflé monte ferme, le gratin s'allège. Avec Angine, il est facile de donner à tous vos repas un air de fête. »

« Est-ce que ça vous plaît?

– J'aimerais en entendre un autre.

– C'est facile : « Fraîcheur et délicatesse des tons… font d'Angine la parure qui souligne votre charme. Blanc, gris-rose, jade, marine. Au Printemps et dans tous les magasins spécialisés. »

« Ce poème est de sa première manière, dite "époque lingerie". Le poème suivant date de l'"époque détergent" : « Maintenant ne vous inquiétez plus si votre enfant laisse traîner son petit museau sur le bord de l'évier. Récuré avec Angine, votre évier est mieux que désinfecté : assaini à 100 %. Cette odeur saine vous le prouve : Angine est super-énergique. Récurez avec Angine, c'est une question de santé. Et Angine récure mieux que blanc : blanc-brillant ! »

« Un autre poème maintenant, plus récent, de l'époque dite "panique" :
C'EST PROUVÉ ?
ANGINE
- IRRITE les muqueuses
- COUPE l'appétit
- FREINE la digestion
- JAUNIT les dents
- GÂTE l'haleine
- RIDE la peau
- TROUBLE la vue
- PERTURBE le sommeil
- DISSOUT la mémoire
- AIGRIT le caractère
- SAPE la volonté
- POUSSE à l'alcool
- MENACE le cœur
- PROVOQUE le cancer
- ÉMOUSSE le désir sexuel.
ON VOUS L'A DIT CENT FOIS, TOUS LES MÉDECINS LE RÉPÈTENT, ET POURTANT VOUS L'AIMEZ.

— Je ne vous savais pas si dangereuse, dit Jonathan.

— C'est un poème, vous comprenez. On peut dire n'importe quoi. C'est la Poésie qui compte. Oh ! le Chancelier a écrit plus de mille poèmes. Il y a :

On a toujours besoin d'une petite Angine chez soi.

Angine est bonne pour vous.

Angine nettoie tout à fond, du sol au plafond.

Un foie, deux reins, trois raisons d'aimer Angine.

Vous y seriez déjà avec Angine.

Quand Angine est là, la saleté s'en va.

« Quel dommage que le Chancelier ne soit pas là. Il vous les chanterait. Il chante très bien. Mon Dieu, où peut-il être ? Il est sans doute tombé entre les mains de Gujine ? Ou bien dans celles de Kolbetov? Ils l'ont sûrement écorché vif. Quel affreux malheur! Peut-être n'est-il que prisonnier? Ou assis sur un banc? Lui qui déteste les bancs!

Elle se dressa tragiquement, debout sur le couvercle de la machine à écrire.

– Qu'il parle et ce sera notre perte! Mais non, il défendra jusqu'au bout le Trésor Royal. Il sera muet comme une tombe. Merci Chancelier. Je te fais Duc. Duc des Vitamines, ça sonne mieux que Marquis.

– Et moi, quel titre allez-vous m'octroyer?

– Aucun. Vous n'êtes pas prisonnier, vous, ni torturé, ni martyrisé, ni décapité. Oh, mon pauvre Chancelier! Je ne t'abandonnerai pas. Courage, j'arrive! Lorsque la nuit sera venue, je volerai à ton secours!

– Une petite fille ne doit pas sortir dans les rues après une certaine heure.

– Cette petite fille est une princesse, Jonathan, vous semblez l'oublier.

– Si je l'oublie, les autres peuvent l'oublier également. Non, Princesse, je vous accompagnerai.

– Malgré votre cheville?

– Malgré ma cheville.

Angine sauta au cou de Jonathan et l'embrassa sur les deux joues.

– Je vous nomme Grand Bourreau de la Couronne, décréta-t-elle, les yeux chavirés de reconnaissance.

Chapitre V

À la nuit tombée, deux ombres sortirent furtivement de l'éléphant. Angine soutenait Jonathan qui gémissait à chaque pas. Un homme s'avançait à leur rencontre. Lorsqu'il passa près du réverbère, ils constatèrent qu'il n'avait pas de nez.

– N'auriez-vous pas vu mon chancelier, le Duc des Vitamines, brave homme ?
– N'auriez-vous pas vu mon nez, jeunes gens ?
– Non, monsieur. Si vous voulez venir avec nous, peut-être parviendrons-nous à les découvrir l'un et l'autre.

L'homme acquiesça. Il leur emboîta le pas.

Ils parcoururent quelques ruelles obscures où des êtres difformes circulaient silencieusement. Un magistrat en robe surgit d'une porte cochère.

– N'auriez-vous pas vu mon chancelier, le témérissime Duc des Vitamines, monsieur le Président ?
– N'auriez-vous pas vu ma bible, mes enfants ? C'est ennuyeux, depuis que je l'ai perdue, je ne peux plus faire jurer mes témoins.
– Non, monsieur le Président. Joignez-vous à nous, peut-être se trouvent-ils au même endroit.

Ils parvinrent près du centre de la ville. Il y avait des cafés ouverts, de la lumière et de la musique.

Une femme dépeignée, aux yeux dilatés, vêtue d'un kimono rouge, dansait dans une vitrine.

– Madame, madame, lui cria Angine, le nez contre la vitre, n'auriez-vous pas vu mon chancelier, l'excellent et courageux Duc des Vitamines ?

– Non, petite, dit la femme sans cesser de se trémousser, et vous, n'auriez-vous pas vu mon mari ? C'est le pire vaurien que la terre ait jamais porté. Il se nomme Lala Radoscu et il porte un petit lézard sur la tête.

– Comment se nomme le lézard ?

– Il se nomme Démosthène. Ses pattes sont vertes, sa tête est bleue et sa queue rouge. Il siffle *My Darling Clementine* comme un virtuose.

– Nous ne l'avons pas aperçu. Voulez-vous nous accompagner ? Nous les chercherons ensemble.

– Je voudrais bien, ma petite, mais je suis trop occupée. Si vous voyez mon mari envoyez-moi un pneumatique.

– Oui, madame. Si vous voyez mon chancelier, envoyez-moi un message téléphoné. Il suffit de composer le 14.

La petite troupe se remit en mouvement. Un homme au visage ruisselant de sang s'abattit aux pieds d'Angine.

– N'auriez-vous pas vu mon chancelier, l'illustre, héroïque et respectueux Duc des Vitamines, pauvre homme ?

– N'auriez-vous pas l'adresse d'un docteur, petite fille ?

– Non. Venez avec nous, peut-être réussirons-nous à les découvrir.

– Je suis trop faible, ma petite, il faudra me porter.

L'homme sans nez poussa une exclamation :

– Mon nez, là-bas ! Je le vois.

Il partit en courant. Le magistrat leva la tête et gloussa de joie :

– Ma chère bible ! Enfin je la retrouve !

Il se précipita vers une échelle d'incendie qu'il escalada avec une grande agilité. L'homme au visage sanglant soupira :

– Ils ne veulent pas me porter, c'est humain.

Jonathan se frotta le menton :

Ils parcoururent quelques ruelles obscures...

— Je n'y arriverai pas avec ma cheville foulée. Cependant, je peux vous conduire chez le pharmacien qui est de l'autre côté de la rue.

Ainsi firent-ils. Le pharmacien téléphona à l'hôpital. Une ambulance vint prendre livraison du blessé. Angine et Jonathan l'accompagnèrent. Peut-être le Chancelier se trouvait-il à l'hôpital?

Dieu merci, il n'y était pas.

Le blessé n'avait qu'une indigestion. Le rouge dont sa figure était tachée n'était pas du sang mais de la confiture de groseilles provenant des nombreuses tartes qu'il avait ingurgitées.

De nouveau, Angine et Jonathan s'en furent par les rues, découragés et fatigués.

— Tout le monde semble avoir perdu quelque chose dans cette ville, soupira la petite fille. Ce n'est pas naturel. Il y a de la Gujine et du Kolbetov là-dessous. Mon pauvre chancelier a succombé dans une lutte inégale.

— Qui sont cette Gujine et ce Kolbetov dont vous parlez tant?

— Ils sont affreusement méchants, mon pauvre Jonathan. Lorsque vous n'avez pas faim et que vous ne finissez pas votre soupe, c'est Mme Gujine qui vous appuie si fort sur la tête qu'elle vous empêche de grandir. Quand vous refusez de vous endormir, c'est Kolbetov qui verse dans vos yeux des gouttes qui les font pleurer et les bordent de rouge. Ils ont encore bien des méfaits à leur actif. Ce sont eux qui font exploser la bombe atomique, qui répandent les épidémies et qui brisent les mariages d'amour.

— Pourquoi commettent-ils d'aussi mauvaises actions?

— Par goût de la vérité. Ils lui vouent un culte barbare. Ils ne vont jamais au cinéma. Ils prétendent que la réalité dépasse la fiction. Leur parfum favori est l'éther, leur passe-temps préféré la visite des hôpitaux. Ils raffolent aussi des accidents, des punitions, des prisons et des gares. Rien ne leur plaît autant qu'une bonne petite piqûre dans l'omoplate. Ils n'oublient jamais de souhaiter les anniversaires. Les dentistes leur obéissent au doigt et à l'œil. On les voit souvent aux actualités. Quand il y a un tremblement de terre, c'est Kolbetov qui va serrer la main des infirmiers et fouiller dans les décombres; et c'est Gujine qui fait semblant de pleurer après les bombardements. En réalité, elle s'amuse comme une petite folle. Est-ce que vous vous en souvenez?

– J'ai vu maintes fois la même chose.
– J'aimerais assez être ingénieur du son. Et vous?
– Moi je suis fatigué, j'ai mal au pied.

Angine et Jonathan s'installèrent sur le bord du trottoir. La petite fille se mit à bâiller. Elle posa sa tête rousse sur les genoux de son compagnon et s'endormit. Il mit la main dans sa poche en prenant garde à ne pas bouger les jambes.

Il alluma une cigarette.

Chapitre VI

Jonathan s'apprêtait à retourner au camion, Angine endormie contre lui, lorsqu'il aperçut enfin le Chancelier. Celui-ci accompagnait une femme d'âge mûr, en robe de mariée. Le couple s'affala aux pieds du jeune homme. La femme proféra une bordée d'effroyables jurons.

Angine ouvrit les yeux. Elle sauta à terre, courut jusqu'au Chancelier qu'elle gifla à la volée. Le vieil homme tenta maladroitement de se protéger. Il bégaya :

– Pardon... Faites excuses... Majesté... mission difficile... Gujine, femme m'a sauvé la vie... avons bu un petit peu...

– Silence, félon ! Et moi qui me rongeais d'inquiétude ! Moi qui vous nommais Duc ! Quelle ingratitude !

Le Chancelier se releva avec peine. Sa joue portait l'empreinte d'une petite main.

– Les apparences sont contre moi, mais pas le reste. Je ne recommencerai plus. Puisque je suis duc, je me tiendrai bien. Je ferai attention aux objets magiques. Et si j'en casse un, je le remplacerai immédiatement, dès que j'aurai touché l'argent de la retraite. Je deviendrai le meilleur de tous les ducs connus.

– Vous avez trop bu, vous n'êtes qu'une épave. Une semelle usée, un croûton de pain rassis, un fond de limonade éventé !

La femme se releva à son tour. Elle regarda le Chancelier avec stupéfaction.

– Qui est cette petite ? Pourquoi te parle-t-elle ainsi ? Si c'était ma fille…

– Savez-vous à qui vous adressez la parole, femme de mauvaise vie ? hurla Angine, je ne voudrais pas de vous comme tapis !

– Tais-toi, Enid, supplia le Chancelier. Adieu.

– C'est une honte de laisser une gamine pareille maltraiter un homme de ton âge ! Enfin, c'est toi que cela concerne. Adieu.

Sur le chemin du retour, le Chancelier tenta de plaider sa cause.

– Je suis vieux, certes, mais je ne suis pas un ivrogne.

– Vous avez bu de la bière et du vin rouge, du vin blanc et du pastis, du cognac et du whisky, de la gnôle et du vieux marc. Et vous n'êtes pas un ivrogne ? Ivrogne !

Le Chancelier, éberlué, promena la main sur son front bosselé.

– Vous m'avez espionné ? Si j'ai bu, c'est pour oublier les horribles supplices qu'on m'a infligés. Ils m'ont enfoncé des épingles dans le veston, ils m'ont coupé les ongles, ils m'ont lavé et rasé. Je n'ai rien dit. Me pardonnez-vous maintenant ?

– Fourbe ! Courge ! Sic !

– Me permettrez-vous encore de baiser vos petits pieds ?

– Plutôt maigrir ! Tout est fini entre nous, Duc, tenez-vous-le pour dit.

Le Chancelier renifla.

– Vous avez trouvé quelqu'un d'autre, n'est-ce pas ? Plus jeune et plus intelligent ? Quelqu'un qui me remplacera, qui sera ce que j'étais, qui boira ce que je buvais, qui dira ce que je disais… Partez sans moi ! Je vais me planter ici et pousser.

Jonathan chargea le Chancelier sur ses épaules et ils revinrent au camion. Angine s'endormit immédiatement. Le Chancelier semblait si désespéré que Jonathan essaya de le consoler.

Je suis vieux, certes, mais je ne suis pas un ivrogne.

– Ce n'est pas bien grave. Angine n'est pas une mauvaise enfant. Elle oubliera.

Le vieillard secoua la tête d'un air sombre.

– Vous ne la connaissez pas. Elle est impitoyable. Pour moi c'est affreux, je ne supporterai pas qu'elle me quitte. Si je devais la perdre, je préférerais dormir. Elle est terrible. Terrible. Si je vous disais qu'elle a déjà cassé des objets magiques exprès, rien que pour me faire enrager ! Après, elle dit que c'est de ma faute. Ce n'est pas vrai, c'est de la sienne. Comme si je n'avais pas assez de mal sans qu'elle y mette du sien ! J'avais le triple d'objets, que dis-je, dix fois, cent fois plus d'objets, mais petit à petit, malgré tous mes efforts, ils s'abîment, ils se cassent. La chèvre a mangé le chou, et le loup a mangé la chèvre. C'est affreux. Le loup a été étranglé par une cravate de toute beauté, la cravate a été déchirée par le piège à loups qui est toujours là, lui. Pourtant, je vous jure que je fais ce que je peux. Ce n'est pas de la négligence. J'enveloppe les tasses dans du papier de soie, j'essuie soigneusement les disques avec des bas en nylon, rien n'y fait. C'est à désespérer. Les ennemis de la petite y trouvent leur compte. Les misérables ! Je suis bien son seul allié, allez ! D'accord, ce soir, je ne me suis pas très bien conduit, mais quoi, j'ai le droit d'avoir des faiblesses. Tout le monde a des faiblesses, même elle, elle en a. Elle ne supporte pas l'alcool, ni les glaces. Elle a beau prétendre le contraire, je m'en aperçois bien quand je lave ses draps. Qu'est-ce que j'ai fait de mal ce soir, franchement, vous étiez là, vous avez vu ? Pas de quoi fouetter un duc. Mais elle est comme ça. Autoritaire et méchante. Tout le monde doit être à ses pieds. Même son père avait peur d'elle, même son grand-père, et même sa grand-mère. Ah ! si c'était ma fille, je ne me laisserais pas gifler devant les gens. Vous avez vu, elle m'a giflé devant Enid ! On allait se marier, repartir de zéro, comme d'habitude, mais non, pour elle ça ne compte pas. En un sens, je ne le regrette pas. Enid avait quelque chose

de déplaisant... Mais enfin tout de même... Elle aurait pu s'y prendre autrement. Ma pauvre princesse!
— Vous l'aimez beaucoup?
— Comme une mère.
— Qui était son père? Est-il mort depuis longtemps?
— Il n'est pas mort, il est sous six pieds de terre en train de mastiquer les lauriers-roses par la racine. Il n'est pas à plaindre, allez!
— C'était vraiment un roi?
— 50 %. D'ailleurs il n'a jamais eu de royaume, c'était plutôt un empire, si vous voyez ce que je veux dire...
— Et ces objets que vous transportez, sont-ils magiques?
— Bien sûr. Venez voir.

Il conduisit Jonathan à travers les meubles, au fond du camion. Il chuchotait pour ne pas réveiller Angine.
— Regardez: vous voyez cette boîte? Elle contient une poudre magique. Avec elle, votre linge sera le plus propre du monde! Et cette bouteille contient une boisson miraculeuse. Si vous avez soif, elle vous désaltère aussitôt, grâce aux mots magiques inscrits sur le flacon: «Coca-Cola»; si vous n'avez pas soif, vous n'êtes pas obligé d'en boire.
— Et ces petites pilules?
— Prenez-en deux quand vous avez mal à la tête et prononcez vite: «Ouf, merci Aspro!», vous serez soulagé. Vous n'avez aucune idée des richesses fabuleuses entreposées ici. Il y a, bien entendu, les cadeaux offerts par les fées, mais aussi des dons, des legs, le produit d'impôts, des reliques sacrées, des souvenirs de famille, bref, c'est le Trésor de la Couronne.

La poussière volait à chaque geste du Chancelier. Elle scintillait à la lumière de l'ampoule. Derrière les housses, dans l'ombre, Angine dormait sur son petit lit. Elle serrait un oreiller contre sa poitrine, simplement couverte d'un maillot de corps blanc. Dans le tas de vêtements jetés en vrac sur le sol, une souris blanche tentait de se dépêtrer d'une socquette qui lui enveloppait la tête.

– Regardez, continuait le Chancelier, cela, c'est du Banania, en boire c'est manger du lion; et ça, c'est une petite croix, elle rend confiance aux infirmières et aux patients; ça, c'est une grande croix, elle soulage les pauvres et récure plus vite. Voilà Teelak qui vous débarrasse du tartre, et un poste de télévision Tévéa, même éteint on le regarde encore, et Aero dip en bombe, qui empèse tout instantanément. N'est-ce pas merveilleux? Et... quand il y a de la joie dans l'air, of course a Winston is there! Je parie que vous aimeriez bien avoir un menton qui fait patte de velours... alors rasez-vous avec Gibbs. Êtes-vous amateur d'art? Oui? Mais vous ne possédez ni argent ni place, peut-être? Qu'importe, vous avez des poches, voilà le grand art en livre de poche! Dites adieu aux torchons, la Favirit R séchera votre vaisselle et la rendra étincelante, sans la moindre trace de calcaire. Et ce n'est qu'une infime partie du Trésor. Il y a aussi le rasoir mécanique qu'on arme comme un Beretta, et qui ensorcelle les jolies femmes; les bas qui «défatiguent» les jambes des femmes actives, les lunettes qui personnalisent le visage, la gaine qui efface la cellulite et mille autres merveilles comme cette poêle qui n'attache pas. Il y en a pour une fortune. Elle appartient à la Princesse, qui, malheureusement, ne se rend pas très bien compte de sa valeur. J'ai hâte d'arriver chez son oncle.

– Est-ce encore très loin?

– Voyez vous-même.

Le Chancelier déplia une grande carte qui se trouvait sous une armoire.

– Nous sommes ici.

Il désigna de son ongle ras un endroit situé à droite en dehors de la carte.

– Nous nous rendons là.

Il indiqua un autre point hors de la carte, mais à sa gauche.

– Demain, nous reprendrons la route. Savez-vous conduire ?

– Oui. Je pourrai vous relayer lorsque vous serez fatigué.

Le Chancelier sourit tristement.

– C'est probable, en effet.

Je pourrai vous relayer lorsque vous serez fatigué.

Chapitre VII

Un vieillard dans un hospice
Il mange trop de pain d'épice
Il a mal à l'estomac
On lui donne du tapioca.

Angine chantait à tue-tête. Le Chancelier appuya sur la pédale du frein. Le camion s'immobilisa.

– C'est pour moi que vous rabâchez cette rengaine ?
– C'est pour celui qui se reconnaîtra. D'ailleurs, je n'ai pas de comptes à rendre aux vieux ivrognes !
– Ce qui n'est pas très poli, entre nous soit dit. Pour une princesse, vous pourriez être un peu mieux élevée.
– Pour un duc, vous pourriez être plus modeste. Je chanterai comme il me plaira.

J'aime mieux Jonathan
Que le Duc des Vitamines
Il est moins intelligent
Mais il a meilleure mine.

– Cette chanson n'a ni queue ni tête, riposta le Chancelier.
– Oh ! c'est trop fort !

Elle appuya des deux mains sur l'avertisseur qui fit retentir son cri lugubre.

– Puisque c'est comme ça, je vais casser le Trésor.

Avant que le vieil homme n'ait pu la retenir, Angine ouvrit la portière et courut vers l'arrière. Jonathan alluma une cigarette. Il pouvait suivre dans le rétroviseur la scène qui se déroulait. C'est-à-dire le Chancelier et la Princesse s'arrachant les objets des mains, les jetant à terre, les ramassant, les rejetant jusqu'à ce que le sol autour d'eux fût jonché de débris. Il entendait les supplications désespérées du pauvre ivrogne : « Par pitié, Princesse, pas le vase, pas les assiettes ni le moulin à café ! De grâce, épargnez le linge ! Et le drapeau ! Seigneur ! Si nos ennemis nous voyaient !... » L'orage éclata et la pluie martela les vitres. Angine vint se réfugier dans la cabine tandis que le vieillard continuait stoïquement à ramasser les trésors dispersés. On l'entendait se lamenter.

– Mon Dieu, la soucoupe est ébréchée, il faudra la réparer. Les lettres, la pluie a brouillé les lettres. Où est l'autre chaussure ?

Angine ricana méchamment :

– Écoutez-le radoter. Bien fait pour lui !

– C'est de votre héritage qu'il s'inquiète.

– Pensez-vous, il se moque bien de moi ! Ce sont ses précieuses reliques qui l'intéressent. Son bric-à-brac. Mon héritage ! Il me fait rire.

– Il y a peut-être des objets de valeur parmi eux. Et puis, c'est le Trésor de la Couronne, non ?

– Vous parlez pour ne rien dire. Je vous déteste !

Le Chancelier apparut, le visage ruisselant de pluie.

– Il y a plusieurs lettres complètement perdues, deux disques cassés et de nombreux autres rayés. Trois soucoupes sont ébréchées et la chèvre est devenue folle.

– Bien fait, je m'en fiche ! Je m'en fiche !

– Faites-moi décapiter, mais ne dilapidez pas votre héritage.

– Vieux fou ! Je ne veux plus vous voir, plus vous entendre. Je veux que vous partiez et que vous ne reveniez jamais. Vos souvenirs moisis, je n'en veux pas !

– C'est ce que vous souhaitez ? demanda tristement le Duc.

– Oui. Tout de suite.

– Sous la pluie ? intervint Jonathan.

– Oui, j'espère qu'il attrapera une pneumonie.

Le Chancelier eut un sourire misérable. Il s'empara au passage d'une bouteille de vin qui se trouvait dans la boîte à gants, puis il sortit sous l'averse et disparut derrière le rideau de pluie.

– Ouf, bon débarras, crâna Angine. Partons maintenant. Vous conduirez.

– Je suis trop fatigué pour conduire.

– Je vous ordonne de conduire.

– Et moi, je ne vous obéirai pas.

– Écoutez : il y avait une fois un chameau qu'on appelait Bossu parce qu'il n'avait pas de bosse et qu'on tenait à lui faire sentir qu'il n'était pas comme les autres…

– Je ne veux pas écouter votre histoire. Je vais dormir. Bonne nuit.

Jonathan renversa la tête en arrière et se mit à ronfler. Il entendit Angine sortir puis rentrer. La machine crépita. Au bout d'un moment, il ouvrit les yeux.

– Que faites-vous ?

– Je tricote un pull-over.

Le bruit de la machine se confondait avec celui de la pluie. Angine monologuait :

– Il oubliera. Ce sera dur au début, mais il finira par s'habituer. Il voyagera. Il connaîtra d'autres petites filles. Il refera sa vie. Pour moi aussi, ce sera difficile. Mais plus le temps passera, plus nous nous habituerons à vivre loin l'un de l'autre. Il aura ses bons moments. Un jour il racontera une histoire qui me fera rire aux éclats, et pourtant je serai triste. Au début, il m'intimidera et puis je devinerai vite sa solitude et son désarroi devant la vie. Il aura besoin de moi. Nous aurons des moments merveilleux. Il m'apprendra tout, mais il boira trop. Ce ne sera pas une vie. Toujours à l'attendre pendant qu'il s'enivrera seul ou en compagnie de ses amis. Il se lèvera horriblement tard, et moi je serai plutôt matinale. Nous ne nous verrons jamais. Il m'obligera à croupir dans le camion pour m'occuper de ses maudites affaires. Je m'en ficherai, moi, de ses affaires. Je voudrai qu'il comprenne que ce sera moi ou elles. Il ne comprendra pas. Tant pis pour lui. Il dira : « La nuit tous les chats sont tendres. »

— Pourquoi parlez-vous de lui au futur ? murmura Jonathan, les yeux toujours clos.

— Parce qu'il est plus vieux que moi. D'ailleurs mon père ne l'aimait pas. Lui, il prétend qu'il était son chouchou, mais ce n'est pas vrai. Mon père ne pouvait pas le sentir. Il avait même l'intention de le renvoyer dans ses terres. S'il n'y avait pas eu ce complot… J'ai eu pitié. Je lui ai dit : « Viens chez mon oncle, ce sera plus facile pour toi là-bas, on te connaît moins. » Il était si dépourvu, si lâche. Comme un enfant. La moindre difficulté lui paraissait insurmontable. Il fallait tout lui dire. Tenez, pour le sang, c'est vrai. Il ne pouvait supporter d'en voir une seule goutte. Il sentait mauvais. J'ai sauté sur l'occasion pour le faire dormir dans la cabine. Il me dégoûtait. Il avait des manies répugnantes. Il se raclait la gorge et crachait n'importe où, n'importe quand. Il était sale, il ne se lavait pas. Il ne se changeait pas non plus. Son linge était d'une couleur douteuse. Sa bêtise étonnait tout le monde. Par exemple, il croyait sincèrement que les eaux qui contiennent du fer sont des eaux rouillées ! Et que le colza dont la graine fournit de l'huile est une plante grasse ! J'ai fini mon pull-over.

Jonathan ouvrit les yeux.
– Montrez-le-moi.
Elle lui tendit une feuille de papier couverte de caractères. Il lut.

maille elliam
elliam maille
maille elliam maille elliam maille elliam
maille elliam maille elliam maille elliam maille elliam
elliam maille elliam maille elliam maille elliam maille
maille   maille elliam maille elliam   elliam
elliam   elliam maille elliam maille   maille
maille   maille elham maille elliam   elliam
elliam   elliam maille elliam maille   maille
maille   maille elliam maille elliam   elliam
elliam   elliam maille elliam maille   maille
maille   maille elliam maille elliam   elliam
elliam   elliam maille elliam maille   maille
maille   maille elliam maille elliam   elliam
elliam   elliam maille elliam maille   maille
maille   maille elliam maille elliam
elliam maille elliam maille
maille elliam maille elliam

– C'est un point très simple, expliqua-t-elle, une maille à l'endroit, une maille à l'envers. Ce n'est pas chaud mais ça détend.

Sans transition elle fondit en larmes. Les sanglots la secouaient si fort que Jonathan en fut effrayé. Elle laissait couler abondamment ses larmes, sans tenter de les contenir ni de les essuyer. Une sorte de râle sortait de ses lèvres, comme si pleurer lui déchirait la gorge.

– Que vais-je devenir ? Je ne sais même pas conduire le camion...

– Allons, calmez-vous, arrêtez de pleurer...

– Il a tout quitté pour moi, ses familles, ses emplois, ses médecins... C'est de ma faute. Je ne voulais pas lui faire de la peine, vous comprenez, je voulais seulement plaisanter avec lui. Il aurait dû le comprendre, il me connaît assez! Je suis taquine, mais pas méchante. Non, ça je le jure. À présent il est trop tard. Plus rien n'a d'importance!

Les larmes reprirent de plus belle. Jonathan voulut lui caresser les cheveux, mais elle le griffa à la main. Plus tard elle se pelotonna sur la banquette. Ses sanglots s'apaisèrent. Elle dormait.

Jonathan ramassa la couronne qui avait roulé sur le sol. Il en coiffa la tête de la dormeuse. Dans son sommeil, elle murmura:

Le Chancelier n'a...
Pourtant je...
Tant pis pour...
Il n'y a qu'à...

Jonathan s'endormit à son tour, la joue sur le volant.

Quand il se réveilla, la pluie avait cessé. La Princesse, le visage impassible, se rongeait les ongles à petits coups de dents.

– Partons, dit Jonathan.

– Je vous attendais.

Il tourna la clef de contact. Le camion vibra comme un avion mais ne bougea pas.

– Que se passe-t-il?

– Il doit être enlisé. Je sors voir.

C'était exact. Il revint vers Angine.

– Il faudrait le pousser. Seul je n'y parviendrai pas. Si seulement le Chancelier était là!

– Alors, allez le chercher.

– Je ne sais pas où il est.

– Je vais vous le dire. Il est à l'arrière, caché dans l'armoire de gauche. Ramenez-le.

Le Chancelier s'y trouvait. La bouteille de vin était vide, il ronflait la bouche ouverte. Jonathan eut du mal à le réveiller. Il finit pourtant par ouvrir les yeux.

– Qu'est-ce que c'est?
– Il faut pousser le camion. Il est enlisé.
– Ce n'est pas trop tôt.

Enfin, le camion put démarrer. Jonathan conduisait. Le Duc assis à ses côtés tenait Angine dans ses bras.

Il doit être enlisé.

Chapitre VIII

L'éléphant poursuivait sa route. Il traversa en trombe plusieurs villes, franchit des cols escarpés, puis s'arrêta devant un cours d'eau. Le vieillard hésitait sur la direction à prendre. Il consultait fiévreusement sa carte, qui n'était malheureusement pas la bonne.

Angine en profita pour se laver dans la rivière, le Duc, découragé, pour faire sa lessive. Quand il l'eut terminée, il suspendit le linge à la trompe de l'éléphant.

Propre et bien peignée, Angine ressemblait à une petite fille comme les autres. Elle arborait une robe safran qui lui allait à ravir. Des socquettes blanches bien tirées et des souliers noirs vernis complétaient sa toilette.

Elle éclata de rire devant les yeux ronds de Jonathan.

– Vous êtes en train de penser que je ne suis pas si anormale, après tout, n'est-ce pas?

– À peu près. Angine, avez-vous connu d'autres enfants?

– Je n'en ai pas eu, si cela peut vous rassurer. D'ailleurs, je ne tiens pas à en avoir. Je les trouve répugnants, en général.

– Avez-vous été à l'école?

– Les princesses ont des précepteurs. J'en ai eu ma part. Je suis très instruite. Ma matière favorite était la Grammaire Poétique, si vous voyez ce que je veux dire.

– Pas très bien.

– C'est pourtant simple. Par exemple, pourquoi le mot « debout » est-il infatigable ?

– Je ne sais pas.

– Il n'y a pas de raison. C'est la question qui est importante, je vous l'ai déjà appris. La réponse est une affaire de machine électronique. Il y avait aussi à expliquer « faucheur » à un rythme cadencé. Mon précepteur m'a rendue experte aux exercices de ce genre. Je devais recopier des verbes en ayant soin de ne les montrer à personne ; reproduire des textes en mettant des points à la place des mots ; expliquer clairement ce qu'un auteur n'a pas réussi à exprimer ; rayer dans un livre les mots de plus de trois lettres.

– Qu'avez-vous encore étudié ?

– Beaucoup d'autres choses. La Géographie Imaginaire avec la recherche des pôles Est et Ouest. La Philosophie Désopilante et...

– Donnez-moi un exemple de Philosophie Désopilante.

– D'accord, si vous me giflez.

– Voilà.

Angine se frotta rêveusement la joue. Jonathan crut qu'elle l'avait oublié mais elle reprit :

– La gifle était nécessaire pour me mettre en condition. Le texte capital de la Philosophie Désopilante a été écrit par un jeune boucher qui n'y entendait rien. Je le connais par cœur :

> L'origine du besoin
> Le besoin naît de la raison. L'homme veut élucider les raisons du pourquoi. Il sait qu'il vient d'où il va, mais il ignore qu'il peuple l'univers d'êtres supérieurs à lui. Il est influencé par l'effroi. Les degrés de la connaissance ont une étroite parenté avec ceux de l'imagination. Les plus inspirés des hommes accueillent les loups-garous. Quant aux artistes, ils clouent les héros à la dignité la plus élevée.

Je suis très instruite.

– Je ne comprends pas très bien.

– Le contraire m'aurait étonnée. Lorsque ce morceau sera déchiffré, il n'y aura plus de Philosophie Désopilante. Nous faisions aussi de la Géométrie Temporelle. Elle est basée sur un postulat incassable : «Toute ligne tend à disparaître, tout point à s'effacer.» De l'origine à la disparition, il y a des degrés décroissants d'existence, car l'existence est une dimension. Il y a beaucoup de théorèmes ; ainsi : «Montre-moi ta trace, je te dirais qui tu étais.» Et : «Une ligne droite pourrit toujours par un bout.» Ou : «Un segment frais vaut mieux qu'une longue droite rance.»

– Je n'avais pas entendu parler de cette Géométrie.

Le Chancelier se joignit à eux.

– S'il n'y avait pas tout ce sang, comme le paysage serait joli, soupira-t-il en s'asseyant sur le sable.

– Où voyez-vous du sang ? demanda Jonathan.

– Ici.

En prononçant ces mots, le vieillard sortit un canif de sa poche et s'entailla la paume. Il s'évanouit.

Angine expliqua que c'était là une pratique courante du Chancelier lorsqu'il ne lui restait plus rien à boire. Elle noua un mouchoir propre autour de la main de l'ivrogne qui revint lentement à lui. Ses premières paroles furent pour demander si l'on voyait encore du sang. Quand il eut l'assurance du contraire, il consentit à ouvrir tout à fait les yeux.

Ce jour-là, ils ne parcoururent pas une grande distance, car deux heures environ après avoir quitté la rivière le Chancelier s'aperçut qu'il y avait oublié la clef de l'armoire à glace. Ils furent donc obligés de rebrousser chemin.

Le Duc des Vitamines récupéra sa clef, mais il était trop tard pour repartir. La nuit tombait. Ils dînèrent d'un peu de chocolat et de gaufrettes, en s'amusant beaucoup car les gaufrettes étaient pourvues de questions et de réponses pleines d'imprévu. Ainsi s'engagea, grâce à elles, la conversation suivante :

«Vous êtes émue, madame, pourquoi? – C'est l'effet du sublime. – Où suis-je? – Nous sommes entrés dans un monde de pensées. – Entendez-vous la voix de Bossuet? – Oui, c'est un bijou littéraire. – Les jeunes hommes survivent-ils aux vieillards? – Vous avez une méchante langue. – Quels sentiments leur mort inspire-t-elle à l'octogénaire? – On se l'imagine facilement. – Quelle est la morale de cette fable? – L'avenir! L'avenir! L'avenir est à moi!»

Peu avant l'aube, Jonathan fut tiré du sommeil par un léger bruit. Il écouta en retenant sa respiration : on bougeait dehors. Tout doucement, il enfila son pantalon et se coula à l'extérieur.

D'abord, il ne put voir que la masse confuse de l'éléphant, et plus loin le miroitement de la rivière. Il s'accroupit. En s'accoutumant à l'obscurité, ses yeux distinguèrent une silhouette qui se déplaçait vers l'avant du camion.

Une branche craqua sous le pied du jeune homme, faisant fuir la silhouette. Il s'élança à sa poursuite. Bien que gêné par sa cheville blessée, il réussit à saisir un morceau de tissu, et à stopper le fuyard. Ils s'empoignèrent à bras-le-corps.

Après quelques pas d'une danse farouche, Jonathan réussit un croc-en-jambe qui les envoya rouler tous deux sur le sol.

À la lueur de la lune, il eut la vision d'un épouvantable visage de vieille femme, aux yeux exorbités, à la bouche grande ouverte, puits sans fond dans lequel s'agitait une langue mobile. La vieille détendit son bras. Sa main griffue balafra le visage de Jonathan, qui l'instant d'après se retrouva seul, la joue cuisante. Il fit le tour du camion pour l'examiner avec son briquet. Deux pneus avaient été crevés. Il alla réveiller le Chancelier et lui révéla le sabotage.

– C'est Mme Gujine! Cette sorcière a retrouvé nos traces! Elle n'est sûrement pas seule!

Jonathan saisit le vieillard par les revers du veston qu'il ne quittait pas même pour dormir. Il le secoua comme un thermomètre.

– Qu'y a-t-il de vrai dans cette histoire, vieil ivrogne ! Qui est cette Gujine ? Et ce Kolbetov ? Quel est le vrai nom d'Angine ? Pourquoi lui voudrait-on du mal ?

Le Chancelier suffoquait. Il fit signe qu'il allait parler. Jonathan le libéra.

– Gujine est une méchante sorcière rendue amère par l'adjonction de cyanure de potassium dans son biberon. Elle ne s'est jamais consolée de n'avoir pas été invitée au baptême de la Princesse. Elle lui a jeté un sort. Dieu merci, d'autres fées ont comblé Angine de toutes sortes d'objets magiques. Les plus précieux : le bon beurre Claudel, avec lequel tous les pains sont meilleurs, Vichy Célestins, l'eau qui fait du bien, Génie, grâce auquel sans bouillir votre linge est propre comme s'il avait bouilli, Nivéa, la jeunesse de la peau, qui assouplit l'épiderme et supprime les rugosités aux coudes, aux genoux et aux talons, Gemey, le rouge qui vous fait sortir de l'ombre, Nescafé Spécial Filtre, tout le goût et l'arôme d'un vrai café filtre... sans filtre...

– Des Vitamines, c'est vraiment votre nom ?

– Non, mon vrai nom doit être écrit en lettres majuscules.

– Où habite l'oncle d'Angine ?

– À Lisieux, sur la Grand-Place, dans une maison ornée de céramiques. Toutefois, je n'en jurerais pas. Qu'est-ce qui vous tracasse, Jonathan ? Je suis prêt à vous donner toutes les explications nécessaires. Nous n'avons rien à cacher. Je vous trouve tourmenté, inquiet. Désirez-vous un verre de calvados trafiqué ?

Jonathan se laissa tomber sur la banquette auprès du Chancelier.

– D'accord. Vous savez, j'ai l'impression de devenir fou.

Vos propos sont tellement insensés pour moi, et semblent tellement normaux pour vous, que je m'y perds. J'aimerais bien être à votre place.

Le Duc emplit deux gobelets d'aluminium, ramassés sur le sol.

– Oui, la Connaissance n'est que le premier stade. Le second est l'Oubli.

– Quel était votre métier, Chancelier ?

– Homme politique, comme bien vous pensez, et aussi homme de lettres, homme de peine, homme de paille, parfois. J'ai toujours été un homme.

– Et que faisait le père d'Angine ?

– La pluie et le beau temps. Une fois il est tombé par la fenêtre. Nous avons déserté ensemble. Mais il a brûlé sa vie par les deux bouts. Il est trop resté assis sur une chaise, il a trop cligné de l'œil, trop attendu, trop gratté sa tête, trop froncé les sourcils, bref, il a vécu trop intensément. Nous lui disions souvent : « À force de respirer vous finirez par expirer ! » Il haussait les épaules.

Il n'avait pas tort, mais nous non plus. Ensuite, il a eu cette lubie d'aller cultiver la terre par en dessous, si bien que la Princesse n'a plus de nouvelles de lui. Toutes ses lettres restent sans réponse.

– Elle lui écrit ?

– Oui, elle enterre ses enveloppes bien cachetées sous chaque laurier-rose. En vain. Pourtant, il ne peut manquer de les voir, je sais qu'il raffole des lauriers-roses.

– C'était un homme très riche ?

Des Vitamines faisait circuler l'alcool d'une joue à l'autre. Son regard ironique se posa sur Jonathan. Il s'essuya soigneusement les lèvres avant de répondre.

– Vous aimeriez bien être fixé là-dessus, pas vrai ? Pour être riche, ça, oui, il l'était. Sa fortune était colossale :

Gujine est une méchante sorcière…

*Compagnon de fortune
Courant d'air a trompé
Sans vergogne l'infortune
Défense d'afficher.*

Jonathan finit le calvados qui stagnait dans son gobelet. Le Chancelier ajouta :
— Il y a un garage près d'ici. Nous porterons les roues à réparer dès qu'il fera jour. Allez dormir. Je monterai la garde pour le restant de la nuit.
— Comment vous défendrez-vous s'ils reviennent ?
— Je serai servile, ils m'épargneront.

Chapitre IX

– Avez-vous connu Smoky-the-smoke ?
– Je n'ai pas eu cet honneur, répondit Jonathan en rejetant par le nez la fumée de sa cigarette.
– Il était comme vous. Il fumait tout le temps. Lui, c'était la pipe. Il en possédait au moins deux. On le reconnaissait de loin à cause de la fumée qu'il produisait. S'il demeurait trop longtemps au même endroit, la fumée devenait si épaisse que la nuit tombait et que la lune se levait, trompée par l'obscurité. Ce n'était pas pour arranger les cultures, principalement celles des petits pois et des tournesols. On le confondait souvent avec un volcan, et alors les alpinistes l'escaladaient, ou bien avec une locomotive, et c'étaient les voyageurs qui le prenaient. Les myopes juraient que c'était un dragon et les presbytes que c'était le diable. En réalité, il n'était rien de tout cela. Il était Smoky-the-smoke, et voilà tout. Il provoquait les pires catastrophes sans s'en douter. Impossible de naviguer, de prendre une photo, ou de lire son journal avec Smoky-the-smoke dans les parages. À force de l'arroser chaque fois qu'ils manquaient d'incendie, les pompiers ont fini par l'éteindre. Maintenant, j'imagine qu'il se baigne tout le temps et qu'on lui jette des tisons.
– C'est probable.
Le camion filait à une allure vertigineuse. Son moteur ronronnait comme un tigre câlin. Il doublait toutes les voitures.

Leurs conducteurs appuyaient l'index contre la tempe en abreuvant le Chancelier d'injures. Lui, restait d'une grande dignité. Il n'ouvrit la bouche qu'une fois pour déclarer qu'il s'était égaré, et qu'il n'avait aucune idée de l'endroit où il aboutirait. Ils guettèrent une station-service où ils pourraient se renseigner. Devant eux, la route se dévidait, interminable et déserte. Elle contourna une montagne, enjamba un fleuve large comme la mer, se resserra dans une gorge, déboucha dans une vallée. Il n'y avait toujours pas de station-service. Le Chancelier priait à voix basse.

Des maisons apparurent au loin. Un panneau indiqua :

ROME, ralentir

– Je sais où nous sommes, s'exclama le Duc, je connais tout le monde dans cette ville.

En effet, dès qu'il eut rangé le camion devant la Poste, un homme qui passait le salua de la main.

– Comment allez-vous, Gouverneur ?
– À merveille. Et vous-même ?
– Très mal. Le médecin dit qu'il va falloir opérer. Ce n'est pas de chance. Adieu, Gouverneur.

Une femme pleura sur l'épaule du vieillard :

– Ah ! grand-père ! quel malheur dans ma vie. Albertino est mort. Luciana n'en a plus pour longtemps. Et Alfredo continue à jouer ! Je n'ai plus de larmes !

Au bureau de poste, tout le monde gratifia le vieil homme d'un titre différent. La receveuse, qui l'appelait «Milord», lui apprit en se tordant les mains que la retraite n'était pas arrivée. Un policier lui donna du «Commissaire» et exhiba ses cicatrices, une marchande de fleurs se frappa la poitrine d'une manière déchirante en relatant la triste agonie de son mari, et quatre concierges se battirent pour lui faire tâter leurs glandes. Une foule qui grossissait à vue d'œil le suivait pas à pas.

– Filons, jeta l'ivrogne, d'une voie angoissée.

Ils quittèrent Rome sur les chapeaux de roues.

– Vous jouissez d'une immense popularité, constata Jonathan.

– Ils ne me connaissent pas, ou bien mal. C'est moi qui les connais. Tous. C'est un grand calvaire de connaître tout le monde. Comment rester insensible à leurs malheurs ? Je les connais si profondément ! Croyez-moi, il vaut mieux être célèbre.

La lumière déclinait.

D'un coup, les poteaux électriques qui bordaient la route s'illuminèrent.

– Nous sommes suivis, annonça le Chancelier.

Il appuya sur l'accélérateur, mais la voiture inscrite dans le rétroviseur ne se laissa pas distancer. Une poursuite acharnée s'engagea alors. Le Chancelier, sobre par miracle, conduisait avec une adresse remarquable. Il prenait ses virages en dérapant, braquait, contre-braquait, gagnait mètre après mètre sur l'autre voiture.

Une végétation tropicale avait remplacé les maigres buissons alpestres. Après un tournant très sec, l'éléphant s'engagea dans un chemin qui s'enfonçait entre les arbres. Il cassait les branches basses comme un animal sauvage.

Le Chancelier arrêta le moteur, éteignit ses phares.

– Il n'y a plus qu'à attendre. Peut-être avons-nous réussi à leur échapper ?

La nuit était maintenant complète.

Dominant le bruissement des insectes, le ronflement d'une automobile s'amplifia rapidement. Les poursuivants n'avaient pas été lâchés. Le Chancelier alluma ses phares.

Une Rolls-Royce de couleur rouille vint se ranger à côté du camion. Le chauffeur en grand uniforme, casquette et gants blancs, jaillit de la voiture et courut ouvrir la porte arrière.

Il en descendit une ravissante jeune femme, vêtue d'un

manteau en fourrure d'hermine et coiffée d'un chapeau à large bord. Sa jambe droite, bizarrement tordue, était alourdie par une chaussure orthopédique.

Le Chancelier poussa un cri de joie :

– Coffee !

Il se précipita à sa rencontre et tomba dans ses bras.

– Ses bas font des plis, constata Angine. Tout le maquillage qu'elle porte sur la figure ne doit pas lui arranger la peau. Son rouge à lèvres est poisseux comme de la confiture, regardez, il produit des fils entre les lèvres. On dirait que le bleu de ses paupières a été peint par des gants de boxe. Elle a de la cellulite aux genoux. C'est honteux, elle pourrait au moins les cacher. Elle a des bajoues, et des poches sous les yeux. Sans soutien-gorge, sa poitrine ne doit pas être formidable. Elle est sûrement affreuse au saut du lit.

Le chauffeur avait regagné sa place où il attendait, impassible, la fin de l'entrevue. Le Chancelier, son bras passé sous celui de Coffee, revenait vers le camion.

– C'est Coffee, Princesse, vous savez bien, Coffee...

Il se tourna vers Jonathan.

– Coffee est une vieille amie. Elle ne s'appelle pas Coffee, mais c'est la fille du roi du café. Elle est un peu princesse également.

Coffee sourit gracieusement à Jonathan. Elle fouilla dans son sac de crocodile et en retira une praline qu'elle tendit à Angine.

– Voilà pour vous, petite, prononça-t-elle avec une pointe d'accent américain.

– Merci, madame, j'ai une mouche qui en raffole.

Coffee n'entendit pas. Déjà elle poursuivait :

– Quelles difficultés nous avons eues à vous rattraper ! Je n'aurais jamais pardonné à Virgile – mon chauffeur – s'il vous avait laissé échapper. Je suis si heureuse mon cher Santa Claus ! Je n'espérais plus vous revoir un jour.

– Vous n'avez plus besoin de moi, à présent. Vous êtes mariée.

– C'est vrai, mais si vous saviez combien je suis triste ! Smarkache, mon mari, est un bandit, un pirate, un naufrageur. Il n'a pas de cœur et trop de cervelle. L'odeur de l'argent le rend fou. C'est un ogre. Il a dévoré plus d'encaisseurs que je n'ai de cheveux. Son dessert préféré est une bourse saupoudrée d'or, et pour dormir il revêt un pyjama fait de billets de banque. Je l'ai cru amoureux de ma fortune, il l'était de moi-même. C'est encore pire. Il m'enferme dans son coffre-fort, me frotte pour me faire briller, me convertit en actions, me compte, me cote, m'évalue, me dévalue.

Coffee éclata de rire.

– Vous souvenez-vous de Jenny ? Elle qui désirait tellement épouser un millionnaire ! Elle a réussi. Par malheur, elle a été trop vite : c'est un millionnaire en années ! Il est vieux comme le monde, mais il n'a pas un sou. Elle doit travailler pour lui payer ses médicaments et sa bouillie. Pauvre Jenny ! Virgile, du champagne ! Nous allons fêter nos retrouvailles.

Le chauffeur installa une petite table garnie de plusieurs bouteilles mises à rafraîchir dans des seaux à glace, ainsi que de trois flûtes de cristal rose. Il versa le champagne. Coffee porta le premier toast.

– À Santa Claus !

Angine que l'on avait omis de servir s'en alla en courant. Coffee tenta de la retenir mais le Chancelier l'en empêcha.

– Laissez, elle reviendra d'elle-même.

– Cette petite ne m'aime pas. Je suis triste de lui déplaire !

– Vous exagérez un peu ou pas du tout ou un petit peu.

Ce fut au vieillard de boire « à Coffee », puis à Jonathan de lever son verre « à Angine », puis indistinctement aux trois. Les buveurs décidèrent de s'installer à l'intérieur de la Rolls. Le confort y était parfait. Le chauffeur assurait le service avec

C'est Coffee, Princesse…

une rare distinction. Les premières bouteilles achevées, un souper fut improvisé : caviar, poulet en gelée, glaces. Deux haut-parleurs diffusaient de la musique douce. Jonathan, les yeux mi-clos, suivait la conversation ininterrompue qui se déroulait entre ses deux compagnons.

— Quelle est cette étrange petite fille qui vous accompagne, Santa Claus ?

— C'est moi qui l'escorte, Coffee.

— Est-elle réellement princesse ?

— Bien entendu. Elle est aussi riche que vous, sinon davantage. Son Trésor se trouve dans le camion, mais c'est un secret.

— N'avez-vous pas peur des voleurs ?

— Si, je tremble. Regardez bien, je suis vert émeraude. Hier, j'étais vert anglais.

— Et l'autre, qui est-ce ?

— Oh, lui, il n'est pas avec nous depuis longtemps. Nous l'avons recueilli par charité. Le malheureux s'était blessé en tombant. Il ne nous gêne pas beaucoup.

— C'est à cause du Trésor que vous vous hâtez tellement ?

— Oui, et aussi à cause d'un complot qui nous menace. J'ai peur pour la Princesse. Jusqu'où n'iraient pas des gens comme la Duchesse Biscotte et le Margrave de Gruyère ? Leur ambition est insatiable, leurs moyens illimités, leur haine accélérée.

— Est-ce un grand royaume ? Où se trouve-t-il ?

— Sur la carte. Tout ce que je puis en dire est qu'on y commet moins de gallicismes que partout ailleurs. En revanche, on y chante des chansons sans queue ni tête.

— Oh ! chantez-m'en une ! J'aimerais tellement vous entendre !

— Si vous éteignez la musique.

Le chauffeur tourna un bouton et le Chancelier put commencer :

> *Vous avez de l'embonpoint*
> *Je vous donnerai néanmoins*
> *Un paquet de bonbons*
> *Mais prenez garde aux écueils*
> *Il vous faudra voler comme un bouvreuil*
> *Pour atteindre votre écuelle.*

Jonathan applaudit poliment, Coffee s'extasia :
– C'est magnifique ! Si vous veniez à New York, vous gagneriez beaucoup d'argent. Le directeur de la plus grande firme de disques est de mes amis. C'est un personnage étonnant et follement sympathique. Il vous plairait beaucoup. D'ailleurs, il rit comme vous. Oh ! venez, Santa Claus !
– J'ai une mission à accomplir, Coffee. Ensuite, peut-être… Notez que votre réaction ne m'étonne pas. Je suis un très grand chanteur. Tout le monde adore m'entendre. Pourtant je chante peu. Les compliments me gênent trop.
– Vous avez une voix extraordinaire. Très vraie…
Le Chancelier poussa un rugissement et se mit a casser l'une après l'autre les flûtes de cristal.
– Non, pas vraie, fausse ! Fausse, vous entendez ! Elle m'en a demandé des efforts, pour l'atteindre ! Il n'y a rien de vrai en moi ! La moindre de mes verrues est artificielle. Tout est pensé, travaillé, trafiqué. Je suis un menteur intégral, pas un arriéré !
Coffee présenta ses excuses. Le chauffeur nettoya les débris de verre et remplaça les flûtes. Jonathan en profita pour s'éclipser. Après s'être promené parmi les arbres illuminés par les phares, il s'appuya contre un marronnier et contempla les étoiles.
– Vous ne vous sentez pas bien, vous non plus ?
– Non, j'ai dû manger trop de glaces.
– Et moi, j'ai bu trop de vin rouge.
Jonathan sursauta.

– Vous avez bu du vin rouge ?

– Oui, j'ai pris une bouteille du Chancelier. Je déteste cette vieille femme qui vous a invités. Je m'ennuyais, alors j'ai bu, et maintenant, j'ai envie de vomir.

Jonathan s'assit sur le sol.

– Prenez place, Princesse. Essayez de dormir, cela vous fera du bien. Mettez votre tête sur mes genoux.

Angine s'installa. Sa respiration devint régulière. Elle dormait. Jonathan écouta les échos de la musique qui retentissait à nouveau. Il ferma les yeux et céda lui aussi au sommeil.

Chapitre X

Des voix appelaient :
– Angine ! Jonathan ! Princesse !
Angine se blottit contre le jeune homme.
– Ne répondez pas. Ils ne peuvent pas nous voir.
– Ils vont s'inquiéter.
– On ne restera pas longtemps. Juste un peu. Cinq minutes...

Les voix se déplaçaient. Une lampe électrique explora les buissons, puis l'obscurité revint.
– Devinez ce que j'ai rêvé.
– Je ne sais pas. Vous avez les yeux grenat, alors ?
– Oui, je le sens. J'ai rêvé que j'étais dans une gare. J'attendais le Chancelier au train de 12h20. Je me tenais près du portillon et je regardais tous les voyageurs qui le franchissaient. Tout à coup, l'un d'eux s'est mis à me disputer, en disant que je le dévisageais pour me moquer de lui. J'ai répondu que j'attendais quelqu'un, mais il n'a pas voulu me croire. Il m'a demandé ensuite de quelle façon je me souviendrais de lui. J'ai répondu : «Je me souviendrai d'un voyageur.» Alors, il s'est fâché tout rouge. Il a dit qu'il n'était pas seulement un voyageur et il m'a accusée d'avoir l'intention de l'oublier. Bien entendu, j'ai soutenu le contraire. Un autre voyageur est intervenu. Il était très triste. Il m'a fait remarquer que je me souviendrais du premier voyageur mais pas de lui. Je

l'ai réconforté. Les deux hommes se sont disputés parce qu'ils voulaient que je me souvienne d'eux et ils s'accusaient d'employer des moyens déloyaux. Et puis, je me suis réveillée. Maintenant, je me les rappelle parfaitement. Heureusement, tous les autres voyageurs ne m'ont pas demandé la même chose !

– Oui, deux c'est déjà beaucoup.

– Pourquoi dites-vous cela ? Je pourrais aller jusqu'à cinq. Ma mémoire est excellente. Tenez, je vous revois lorsque vous êtes monté dans le camion, la première fois : il y avait une mèche qui vous retombait sur les yeux.

Les appels reprenaient, de plus en plus angoissés.

– Nous sommes ici, cria Jonathan.

Angine lui pinça la cuisse. Le Chancelier et Coffee accoururent.

– Dieu soit loué ! Dieu soit loué !

Ils ne parvenaient pas à dire autre chose.

– Oh ! que je suis malade ! gémit Angine – et elle se mit à claquer des dents.

La petite fille paraissait réellement très malade. Son teint était cireux, son front couvert de sueur.

– Il faudrait peut-être appeler un docteur, elle a beaucoup de fièvre.

Le Chancelier se tordait les mains.

– Je ne me le pardonnerai jamais. Tout est de ma faute. Je ne suis qu'une brute, un monstre, un...

Il chercha dans un dictionnaire.

– Un mammouth. Voilà ce que je suis. Et encore, de la pire espèce.

– Venez chez moi, proposa Coffee. C'est à deux pas. La petite y sera mieux qu'ici. Je ferai venir un médecin en qui j'ai toute confiance. Par chance, Smarkache est absent. Il effectue un voyage d'information aux antipodes. Il visite les comptes en banque les plus appétissants et il évalue le moment où ils seront à point. Il ne reviendra pas de sitôt car il met 70 heures par kilomètre.

— Quel âge a-t-il?

— Soixante-dix ans.

— Il faudrait résumer les septuagénaires, soupira le Chancelier. Partons.

La Rolls-Royce exécuta un habile demi-tour, suivie tant bien que mal par le camion. Jonathan y gagna deux bosses au sommet du crâne. Il dut retenir Angine qui faillit rouler hors du lit. Elle délirait:

— N'a-t-elle pas de l'esprit, monsieur? — Si, c'est la naïveté, l'esprit des enfants et des vieux temps du monde, quelquefois des bons vieillards. Il y a même des hommes qui sont toujours naïfs. L'agneau avait-il le droit de se désaltérer dans l'onde pure? Était-il protégé par les lois? Le loup respecte-t-il les lois? Pourquoi le loup vient-il à la rivière? Son langage est-il convenable? Aimez-vous les loups, mademoiselle? Et les hommes-loups?

Jonathan épongea le front de la malade.

— Calmez-vous, Princesse. Dormez.

— Ne buvez-vous pas de vin? Le vin de France est-il sain? N'est-il pas une bénédiction de Dieu pour la France? Est-il bon de boire du vin en France? N'est-il pas dangereux de boire du vin en Amérique? Aimez-vous le café? Et Coffee?

— Je n'ai pas d'opinion.

— Dès que j'aurai repris le pouvoir, ma police la passera à tabac. Je ferai empailler sa voiture. J'ai à mon service le meilleur empailleur de voiture du monde. Tous les Anglais sont des ogres.

Elle se redressa brusquement.

— Savez-vous que je descends en ligne droite de Néfertiti? Mon arbre généalogique est si grand, si haut, que la foudre l'a frappé maintes fois. Son sommet est calciné, durci, comme la pointe d'un épieu, mais à la base de jeunes pousses continuent de naître avec une vigueur renouvelée. Tous les personnages de la deuxième partie du dictionnaire sont de ma famille. Nous avons en commun une marque de naissance ; trois phalanges à l'index : phalange, phalangine et phalangette. J'aime bien être malade. J'ai l'impression de vivre en syncope. Tiens, le soleil a bronzé votre cigarette.

– C'est un cigare.

– Il a attrapé un coup de soleil, il est tout rouge au bout.

Le camion roulait sur une allée de gravier. Il décrivit un demi-cercle et s'arrêta.

Des domestiques aidèrent Jonathan à transporter la fillette. L'intérieur du château était superbe. On lui avait donné l'aspect d'un immense château de cartes. Les différentes figures monumentales regardaient passer le cortège.

– Le Roi de Pique hante le château, chuchota Coffee. Ce soir vous ne risquez rien, c'est le trèfle qui est l'atout.

Angine fut installée dans une chambre tendue de velours bleu, percée d'une baie vitrée.

Son visage avait la pâleur de l'oreiller sur lequel sa chevelure flamboyait. Plus tard, le docteur, un jeune homme sérieux à lunettes, fit son entrée, une serviette de cuir noir sous le bras.

– Voyons la malade. Si la maladie est trop grave, nous la mettrons en hibernation. C'est d'ores et déjà possible et les risques sont minimes.

– C'est le docteur Angoiss, présenta Coffee. Ses honoraires sont très raisonnables.

– Elle a bu trop de vin rouge, docteur, presque une bouteille.

– Hum... le whisky est moins dangereux. J'en boirais bien un grand verre pour me donner du courage, car j'ai le trac.

Il absorba l'alcool d'un seul trait. Après quoi, il s'approcha en tremblant d'Angine pour l'ausculter.

– Arrêtez de respirer. Respirez. Dites trois fois 33 et

donnez-moi le total. C'est bizarre, je n'entends rien. Je dois être souffrant.

Très inquiet, le docteur Angoiss abandonna sa patiente pour s'ausculter lui-même. Il toussa, prononça 99 et cessa de respirer. Il cessa si bien qu'il perdit connaissance. Par bonheur, Jonathan eut l'idée de lui ordonner de respirer à nouveau. Le docteur reprit sa couleur naturelle. Un autre verre de whisky acheva sa convalescence. D'un air assuré, il sortit son bloc-notes et dévissa son stylo.

– Silence! Je vais rédiger une ordonnance. Comment écrit-on «bayer aux corneilles»?

– Avec un y, dit Coffee en américain.

– Merci. Peut-on dire «aussi curieux que cela paraisse»?

– Non. Il faut dire «si curieux que cela paraisse», corrigea Jonathan.

Le docteur noircissait page après page. Parfois, il s'interrompait pour demander un renseignement:

– ?

– !

– Merci.

Il se replongeait dans la rédaction de l'ordonnance, à laquelle il mit le point final quelques heures plus tard. Elle possédait une centaine de feuillets. L'auteur était fatigué mais content.

– C'est mon chef-d'œuvre, déclara-t-il en remplissant son verre de whisky. Je vais le porter chez mon éditeur. Il me donnera beaucoup d'argent, je pourrai enfin abandonner la médecine que j'ai en horreur. Je vous régalerais bien de quelques passages, mais je ne parviens pas à me relire. J'utilise habituellement un pharmacien qui est le seul à pouvoir déchiffrer mon écriture.

– Et pour la malade?

– Elle n'a besoin que d'un verre de vin si elle en manifeste l'envie. Voilà le meilleur remède.

C'est le docteur Angoiss...

– Alors, pourquoi une si longue ordonnance ?
– C'est un roman d'épouvante. Mon trente et unième, le plus abouti. Il m'a été inspiré par un livre que je viens de lire, je l'ai respecté mot pour mot. Quelle dose de tact et de désespoir ne m'a-t-il pas fallu pour m'effacer devant l'œuvre d'un confrère ! En partant de cette histoire très simple, j'ai écrit l'un des sommets de la littérature universelle, où le lyrisme le plus effréné s'allie heureusement à la clarté du style. Comment, dans ces conditions, pourrais-je encore m'intéresser aux misérables microbes qui taraudent vos organismes ? Adieu !
– Adieu. Laissez la bouteille, s'il vous plaît.

Le docteur Angoiss, plus mortifié qu'il ne voulait le paraître, déposa la bouteille sur un guéridon et sortit en claquant la porte.

– Ce n'est pas grave, expliqua Coffee. Il agit toujours de la sorte. C'est un excellent médecin et un grand écrivain. La petite ne pourrait être en de meilleures mains. Laissons-la reposer. Je vais vous montrer vos chambres. Vous manquerez de place, car il y a de nombreux invités au château en ce moment.

Ils gravirent un étage.

– Voici pour Santa Claus, et voilà pour Jonathan.

Jonathan remercia l'hôtesse et pénétra dans la pièce. Le lit était situé au fond d'une alcôve. En repoussant le rideau de dentelle qui le dissimulait, il eut la surprise d'y découvrir trois hommes barbus endormis.

La lumière électrique les réveilla. Ils étaient furieux d'être dérangés.

– Que vendez-vous ? Nous n'avons besoin de rien.
– Je m'appelle Jonathan. Coffee m'a dit de dormir ici. Mais puisque vous êtes là...
– Si vous avez la permission de Coffee, nous allons vous faire une place, le lit est large.

Jonathan s'installa dans le petit espace que lui abandonnaient les trois barbus. Il dut se relever pour éteindre la lumière. Dans le noir, son voisin lui murmura :

– À propos, il est bon que vous sachiez qui nous sommes. Je m'appelle Barbe Noire, mes frères sont Barbe Verte et Barbe Molle. Dormez en paix. Nous ne nous intéressons pas à vous. Nous sommes bien trop occupés à rechercher une petite fille rousse qui nous file entre les doigts. Bonne nuit, monsieur Jonathan, n'hésitez pas à nous réveiller si vous la rencontrez, nous vous en serons extrêmement reconnaissants.

Chapitre XI

Au milieu de la nuit, Jonathan repoussa les couvertures et se leva doucement. Une main retint son bras.

– Où allez-vous ? chuchota Barbe Noire.

– Je vais voir à quel quartier en est la lune.

– Je peux vous fournir le renseignement. Elle est pleine.

– Je voulais aussi passer aux cuisines pour manger quelque chose.

– J'ai des croissants sous l'oreiller. En désirez-vous un ?

– Non, merci. J'ai soif.

– J'ai une bouteille de soda. Buvez.

Jonathan but une gorgée de liquide aigre.

– Merci beaucoup. À présent, mes mains sont poisseuses. Je voudrais les laver.

– Tenez, j'ai un gant humide et une serviette. Nettoyez-vous.

– Je ne sais comment vous remercier. Je fumerais bien une cigarette, j'ai oublié les miennes dans la voiture...

– J'ai des gauloises.

– Vous êtes trop bon. Avez-vous du feu ?

– Certainement.

Barbe Noire frotta une allumette. Jonathan souffla sur la flamme au moment où elle jaillit. Barbe Noire jura.

– Il y a un courant d'air. Je vais en frotter une autre.

Chaque fois, Jonathan éteignait la flamme. Bientôt la boîte fut vide.

– Je sors chercher mon briquet, dit le jeune homme.

Sans attendre la réponse, il se libéra.

– Voulez-vous que je vous accompagne ?

– Votre amabilité me touche. Inutile de vous déranger.

– Vous ne permettez pas que je vous tienne compagnie ? supplia Barbe Noire, la voix pleine de trémolos. J'aurais tellement de peine si vous vous égariez !

– N'ayez crainte. Je sèmerai des cheveux pour retrouver mon chemin.

Barbe Noire étouffa un sanglot.

– Alors, à tout de suite, mon cher Jonathan. Ne restez pas trop longtemps dehors, vous pourriez prendre froid.

– À tout de suite.

Jonathan se rendit à pas de loup jusqu'à la chambre du Chancelier. Il gratta à la porte. Un gnome borgne ouvrit aussitôt.

– Avez-vous rendez-vous ? demanda-t-il.

– Non, je suis attendu.

– Remplissez cette fiche. Inscrivez votre nom en lettres capitales ainsi que l'objet de la visite.

Jonathan obéit. En face de « Objet de la visite », il mit « Personnel ». Le petit borgne disparut dans l'entrebâillement de la porte. Il revint quelques minutes plus tard.

– On va vous recevoir. Si vous voulez bien me suivre…

Il conduisit Jonathan jusqu'à un cabinet, au milieu duquel un inconnu trônait derrière son bureau. Il était occupé à compulser une liasse de documents.

– Asseyez-vous, ordonna-t-il, sans relever les yeux de ses papiers.

– Non, merci. Il s'agit d'une erreur, ce n'est pas vous que je viens voir.

Le personnage releva enfin la tête. Il ressemblait

étonnamment à un porc. De temps en temps, il reniflait sans élégance, ce qui renforçait cette impression.

– Qui vouliez-vous rencontrer ?
– Le Chancelier. Un ami.
– Vraiment ? Le connaissez-vous depuis longtemps ?
– Disons que je le connais.
– Vous refusez de répondre à ma question ? Vous venez au milieu de la nuit pour voir quelqu'un que vous connaissez à peine et vous refusez de répondre aux questions les plus anodines ? Je vous trouve terriblement suspect !
– Et moi je me demande en quoi tout cela vous intéresse. Si le Chancelier ne se trouve pas ici, dites-moi où il est.
– C'est moi qui pose les questions. Pas vous. Veuillez me suivre, s'il vous plaît.
– Il ne me plaît pas. Je veux voir le Chancelier tout de suite.

L'assurance de l'homme à la tête de porc tomba d'un seul coup. Il parut très déçu par le refus de Jonathan. Il bégaya :

– Vous refusez de me suivre ? Même si je vous donne un dixième de loterie ?
– Je n'en veux pas.
– Un billet entier ?
– N'insistez pas.
– Un billet entier et une belle montre en or ?
– Je veux voir le Chancelier, hurla Jonathan.

L'homme se mit à trembler.

– Chut ! Ne faites pas de bruit ! Vous allez m'attirer des ennuis. Je ne suis que le deuxième secrétaire. Vous risquez de me faire perdre ma place. Ne pourriez-vous pas être un peu plus coopératif ? Nous saurions vous exprimer notre gratitude...
– Je n'y tiens pas.
– Bon. Mais vous n'avez pas de cœur.

Le petit borgne apparut.

Il ressemblait étonnamment à un porc.

– Introduisez Monsieur chez le Chancelier.

Le borgne alla ouvrir une porte.

– Qui dois-je annoncer ?

– Jonathan, tout simplement.

Il fut introduit dans la pièce. Cette fois, il se trouvait en présence du Chancelier qui était assis par terre, une expression de surprise peinte sur le visage.

– Tiens, c'est vous, Jonathan. C'est bizarre. J'étais persuadé qu'il y avait une chaise à cet endroit. J'ai dû rêver. Que désirez-vous ?

– Avez-vous entendu parler de trois hommes nommés Barbe Noire, Barbe Verte et Barbe Molle ?

– Les frères Barbe ? Bien sûr. Ce sont les pires ennemis de la Couronne. Pourquoi ?

– Ils sont ici. Ils dorment dans mon lit.

Le Chancelier prit un air rusé.

– Comment pouvez-vous affirmer qu'il s'agit d'eux si vous ne les connaissez pas ?

– Ils m'ont prévenu eux-mêmes.

– Il faut tenir conseil avec Coffee.

Le Chancelier se releva.

– Elle est dans la Rolls. Elle ne quitte jamais la Rolls.

Ils découvrirent la jeune femme endormie sur la banquette, la tête renversée sur un coussin. Le Chancelier lui chatouilla le menton. Elle ouvrit les yeux.

– Bonjour. Prendrez-vous une coupe de champagne ?

Ils acceptèrent l'invitation.

– Connaissez-vous les frères Barbe, Coffee ?

– Oui, ce sont les meilleurs amis de mon mari.

– Et de dangereux gredins ! Ils sont sur la piste de la Princesse.

– Lorsque j'étais petite, je volais de l'argent. Chaque jour, je volais pour aller acheter des bonbons chez Simone Lion. Un jour, j'ai pris davantage, car j'avais envie d'un porte-cigarettes garni en chocolat. Simone Lion fut étonnée de me voir en possession d'une si forte somme. Elle l'a dit à mes parents. Papa et maman m'ont fait toute une histoire. Ils ont dit qu'ils m'emmèneraient dans une maison de correction. Nous avons pris l'avion, et à l'escale de Pernambouc j'étais certaine que l'on m'y conduisait. J'étais tellement effrayée que j'avais mal à l'estomac. Maman m'a assuré que si je ne recommençais pas, je pourrais rester à la maison. Je n'ai plus jamais volé, excepté quelques cendriers et deux ou trois diamants.

– Les frères Barbe sont d'une autre envergure! Ce sont eux qui ont organisé et répandu l'usage du crédit.

– Comment puis-je vous aider?

– Que prennent-ils au petit déjeuner? demanda Jonathan.

– Du thé au lait, des brioches, des tranches de rosbif, de la choucroute et du plum-pudding.

– Serait-il possible de verser un somnifère dans le thé? Nous profiterions de leur sommeil pour partir.

Coffee approuva:

– Oh! oui! Comme ce sera distrayant! Je vais tout de suite préparer le thé.

Jonathan alla se recoucher. Lorsqu'il se glissa dans le lit, Barbe Noire lui signala qu'il était resté absent durant une heure sept minutes et quinze secondes.

Chapitre XII

Les frères Barbe s'éveillèrent à 9 heures pile. Ils jetèrent Jonathan à bas du lit.

De jour, leur aspect était effrayant. La barbe de Barbe Noire était réellement noire, celle de Barbe Verte, réellement verte, et celle de Barbe Molle était molle.

– Nous avons grand-faim, clamèrent-ils en lorgnant Jonathan d'inquiétante façon, nous mangerions n'importe quoi!

Heureusement, un domestique apporta le plateau du petit déjeuner. Les frères Barbe se désintéressèrent de tout pour s'empiffrer de nourriture.

La bouche pleine, Barbe Noire se tourna vers Jonathan.

– Buvez une tasse de thé, il n'y a rien de meilleur pour les orteils.

– Non, merci, je n'aime pas le thé.

– Voulez-vous insinuer que vous éprouvez une insurmontable répulsion à l'égard des gens qui en boivent?

– Pas du tout. Je suis désolé de ne pas l'apprécier autant qu'il le mérite. Ma famille en était fanatique. Je m'y suis efforcé en vain, autrefois.

– Dans ce cas, prenez un peu de choucroute.

– Sans façon, merci.

– Qu'est-ce à dire? tonna Barbe Molle, vous nous insultez? N'abusez pas de notre patience, monsieur le difficile!

– Vous auriez tort de vous vexer. Je n'ai pas faim.

Les frères Barbe se consultèrent du regard.

– Ligotons-le, mes frères, suggéra Barbe Verte. Nourrissons-le de force. Ainsi aurons-nous la certitude d'avoir lavé notre honneur.

Malgré ses protestations, Jonathan fut attaché sur sa chaise. Pendant que Barbe Noire lui pinçait le nez, Barbe Molle lui enfournait de grandes cuillerées de choucroute dans la bouche. Le jeune homme étouffait, quand le somnifère contenu dans le thé finit par produire son effet. Les trois frères cédèrent successivement au sommeil, abandonnant Jonathan entravé et bâillonné de choucroute.

La situation était sur le point de devenir catastrophique lorsque la porte s'entrouvrit pour livrer passage à la Princesse. Sous la couronne de papier doré, elle avait le teint rose et ses yeux pétillaient.

– Je suis guérie! Qui sont ces vilains barbus?

– Homphr...

– Pourquoi refusez-vous de m'adresser la parole?

– Homphr...

– Vous êtes bien fâché?

Elle ramassa une plume provenant de l'édredon et la promena sous le nez de Jonathan. Il éternua. La choucroute qui obstruait sa bouche fut expulsée d'un seul coup. Il put prononcer:

– Par pitié, libérez-moi! Ces hommes sont vos ennemis.

– Que me donnerez-vous si je vous détache?

– Un baiser, mais faites vite.

– Je pourrai en avoir un quand je le voudrai. Qu'est-ce que la Pureté?

– C'est une invention du Chef de la Police. Elle lui permet de surveiller les gens sous prétexte de s'assurer qu'ils sont purs.

– Êtes-vous pur?

De jour, leur aspect était effrayant.

– Je suis plus compliqué que cela.

– Vous avez réussi votre examen, je vous libère.

Jonathan frictionna ses poignets.

– Vite, nous avons déjà perdu trop de temps !

Le Chancelier les attendait sur la deuxième marche de l'escalier.

– Nous ne pouvons plus partir. On a volé trois petites cuillers à dessert. J'ai compté et recompté, il n'y a plus de doute possible. Trois cuillers à dessert manquent.

– Je vous en achèterai d'autres, promit Jonathan, impatienté. Venez maintenant.

Le vieil homme lui barra la route.

– Il n'en est pas question. Vous ne trouverez nulle part de semblables merveilles. Elles proviennent de la collection du Vidame d'Orange, le collectionneur de collections, dont la femme collectionne les collectionneurs. Elle les stocke dans une grande chambre froide. Le Vidame s'y trouve, entre autres, puisqu'il est collectionneur. Cette histoire embrouillée est relatée de manière détaillée sur le manche des petites cuillers. Leur valeur est inestimable.

– Vieux fou, dit Angine.

– Insultez-moi dans ma chair et dans mon sang, je ne renoncerai pas à retrouver les petites cuillers.

Jonathan eut une inspiration.

– Fouillons les frères Barbe. Ils sont trois et il manque trois petites cuillers...

L'opération fut couronnée de succès. L'ivrogne serra sur son cœur les précieux couverts. Il murmurait, d'une voix extasiée :

– Mes petites chéries, mes boutons-d'or, mes cailles, mes grives, mes petits yaourts. Ne craignez plus rien à présent. Je veille sur vous.

– Dépêchons, les frères Barbe ne dormiront pas éternellement !

Juste comme ils sortaient sur le perron, une puissante moto stoppa devant eux. Un homme d'âge canonique, botté, casqué et moulé dans un costume de cuir noir en descendit. Jonathan comprit immédiatement que c'était Smarkache.

– Coffee! glapit le Naufrageur, d'une voix aigre.

Elle courut au-devant de son mari.

– Comment allez-vous, ma femme ?

Le ton de Smarkache était si terrifiant qu'Angine se serra contre les jambes du Chancelier.

– Je vais bien, monsieur mon mari. Avez-vous fait un bon voyage ?

– On ne peut meilleur. J'ai roulé à 70 kilomètres à l'heure. Comment se portent mes excellents amis, les frères Barbe ?

– Ils se portent bien, monsieur mon époux. Ils sont en train de dormir dans leur chambre.

– Ils dorment encore, à 9 heures passées ? Voilà qui est extrêmement bizarre! Ils ne sont pas malades, au moins ?

– Nenni, monsieur mon conjoint, leur santé est excellente. Ils ont même commandé un petit déjeuner ruineux.

– Comment? Ils ont commandé un petit déjeuner alors qu'ils dorment encore ? Vous m'étonnez, ma femme!

La pauvre Coffee rougit comme un tison. Elle balbutia :

– Ils se sont endormis après... Je présume qu'ils dorment... Je n'en suis pas certaine...

Smarkache la scruta de ses petits yeux jaunâtres, puis son regard se déplaça jusqu'au groupe formé par Angine, Jonathan et le Chancelier.

– Qui sont ces gens ?

– De vagues relations. Ne vous inquiétez pas d'eux, ils ne font que passer.

– Cette petite fille rousse est bien appétissante...

– C'est une princesse sans intérêt. J'ignore jusqu'à son nom.

Le Naufrageur s'approcha de sa femme comme pour

l'embrasser. En fait, il la mordit à l'oreille jusqu'au sang. Coffee fondit en larmes. Il eut un vilain sourire qui découvrait ses rares dents cariées.

– Pleurez, madame, les larmes vous rajeunissent. Je vole embrasser mes chers frères Barbe.

Dès que son mari fut entré dans le château, Coffee clopina jusqu'au Chancelier.

– Fuyez, fuyez pendant qu'il en est temps encore! C'est un homme abominable. Il ne vous laissera que la peau sur les os, il vous pressera le nez, il vous pincera la langue, il vous tordra les bras. Tout cela par pure méchanceté, car il n'en retire aucun plaisir.

– Mais vous, ma pauvre Coffee?

– Moi, c'est différent. Il m'aime. Et je dois avouer que s'il me presse le nez, s'il me pince la langue, s'il me tord le bras, c'est avec un tel amour que ce n'est pas désagréable! C'est à votre salut que je pense. Disparaissez. Nous irons ensemble en Amérique, Santa Claus. Vous deviendrez un chanteur de renommée mondiale, et nous boirons ensemble des fûts de champagne...

– C'est que je n'ai pas encore trouvé mon genre. Je me cherche. Dois-je opter pour le folklore, ou bien pour la chanson de rythme? Le public est en pleine évolution, actuellement.

– Fuyez, fuyez. Je vous embrasse, Jonathan. Bonne chance, Princesse!

Déjà une voix terrible clamait de l'intérieur:

– Coffee! Empêchez vos amis de partir!

La Princesse et sa suite s'engouffrèrent dans l'éléphant qui démarra en trombe.

– Plus vite! criait Angine, plus vite!

Jonathan guettait dans le rétroviseur un point noir qui grossissait rapidement. Smarkache les poursuivait sur sa moto.

– Plus vite! Plus vite!

Le camion dérapa dans un tournant. Il y eut un grand bruit de vaisselle brisée. La cargaison avait rompu ses amarres.

– La porcelaine ! gémit le Chancelier.

Il freina. L'éléphant grinça de toutes ses jointures, tourna sur lui-même et s'arrêta en travers de la route.

Une seconde plus tard, avec un choc terrible, la moto se jeta contre le pachyderme. Smarkache décrivit une courbe dans le ciel et retomba assis à califourchon sur la trompe de l'éléphant. Il glissa, plongea la tête la première dans le fossé où il demeura planté les pieds en l'air comme un arbre. La moto ressemblait à une feuille de papier froissée.

– J'espère qu'il ne m'en voudra pas, soupira le vieillard.

Il s'en fut arrimer la précieuse cargaison. Lorsqu'il revint, sa physionomie n'était plus qu'un gribouillis de rides.

– Douze assiettes cassées, six disques brisés, le bahut normand a perdu ses portes. À ce train-là, il ne restera bientôt plus rien ! Qui voudra de vous, ma pauvre Princesse, sans royaume et sans dot ?

– Toi, mon brave Chancelier.

– Je le voudrais de tout mon cœur, Princesse, mais je ne pense pas que mon Foie me le permettra.

– Il faut le convaincre, Chancelier.

– Depuis quelque temps il devient irascible. Il veut que je me hâte de vous amener chez votre oncle. Il enfle et griffe comme un chat en colère. Oh ! je saurai bien le faire patienter un peu, mais un jour viendra où je devrai lui obéir.

– Que feras-tu ce jour-là ?

– Je partirai en voyage, Angine.

– Avec Coffee, en Amérique, pour enregistrer des disques ?

– Oui, en Amérique, ailleurs, c'est trop loin.

Jonathan observa le Chancelier à la dérobée. Il paraissait à cet instant très triste et très fatigué.

Chapitre XIII

Midi sonnait lorsque le camion pénétra dans une ville triste et sale nommée Jérusalem. Des passants à l'œil éteint rasaient les murs. Des vieilles, frileusement enveloppées dans leur châle de laine tricoté au point de riz, se chuchotaient des calomnies à l'oreille. Les enfants étaient fanés comme des centenaires.

La Princesse saisit un micro et mit le contact. Sa voix démesurément amplifiée par le haut-parleur secoua la torpeur de la ville.

> *Dans le lit-cage*
> *Dort un fainéant*
> *Il est lieutenant-colonel*
> *Dans l'armée des choux-navets*
> *Il mange à la carte-lettre*
> *Ce qu'il préfère c'est l'entrecôte*
> *Mais il ne déteste pas les portemanteaux.*
> *Dans l'arrière-boutique*
> *Il y a des cache-nez*
> *Il y a même un Vice-Amiral*
> *Et un chauffe-bain*
> *Hier après-midi*
> *J'ai perdu mon porte-monnaie*
> *Alors comment acheter un casse-noix ?*

Angine, pliée en deux par une quinte de toux, coupa la sonorisation.

Une agitation insolite secouait la rue. Le Chancelier, imperturbable, continuait à rouler au milieu de la chaussée. Angine rétablit le contact.

– « Rien ne vaut le thon à l'huile, psalmodia-t-elle : les beignets d'aubergine ne sont pas mauvais non plus, personnellement je ne déteste pas les salsifis… »

– J'ai faim, dit Jonathan, je vous invite à manger au restaurant.

La Princesse débrancha le haut-parleur.

– Vous avez donc de l'argent, Jonathan?

– Croyez-vous que je mette tous mes billets dans le même portefeuille?

Le Chancelier se rangea le long du trottoir. Il semblait souffrir du foie. Son teint était verdâtre.

– Ce n'est rien, assura-t-il. Une bouteille de vin rouge me remettra d'aplomb. Il n'y a pas de meilleur médicament.

Le restaurant était vaste et désert. Un maître d'hôtel plein de morgue vint à leur rencontre.

– Que désirez-vous faire? Manger?

Le Chancelier s'agenouilla et, sortant son mouchoir, lissa les chaussures de l'homme en noir. En se relevant, il expliqua :

– Il y avait de la poussière dessus, j'espère qu'il ne met pas ses pieds dans le plat!

Le maître d'hôtel, plus renfrogné que jamais, leur alloua une table située dans un renfoncement.

– Nous préférons une table près de la fenêtre, dit Jonathan.

– Je regrette, elle est réservée, monsieur.

– Mais il y en a quatre!

– Elles sont toutes réservées, monsieur.

Angine s'empara d'une fourchette et la planta dans la cuisse du maître d'hôtel qui fit un bond de côté.

– Elle m'a blessé, s'exclama-t-il. Cette petite m'a blessé !

Il était sur le point de défaillir.

– Toutes les tables proches de la fenêtre sont-elles réservées ? demanda le Chancelier avec sympathie.

– Je…

Angine donna un autre coup de fourchette.

– Euh… L'une d'elles est encore libre… par chance… Installez-vous.

Le maître d'hôtel alla en titubant chercher trois menus.

– Presque plus rien n'est chaud, prévint-il, et ce qui est froid est tiède.

– Ne vous inquiétez pas, nous réchaufferons les plats en brûlant la table.

Le maître d'hôtel écrasa une larme sur sa joue.

– Vous n'oseriez pas, mademoiselle ?

– Mais si, monsieur, nous voudrions une boîte d'allumettes.

Le maître d'hôtel se jeta à genoux.

– Alors, choisissez-en une autre ! Celle-ci est un souvenir de famille. Mon parrain y prit son dernier repas.

– Un repas chaud ou un repas froid ?

– Il ne mange que des aliments tièdes, mademoiselle, un rien lui fait prendre chaud et froid.

– Comment obtenez-vous des aliments tièdes ? En les réchauffant ou en les refroidissant ?

Le maître d'hôtel, surpris par la question, réfléchit profondément.

– Eh bien ! cela dépend : pour les aliments froids, nous les réchauffons ; pour les aliments chauds, nous les refroidissons.

– C'est un gros travail.

Le maître d'hôtel l'admit. Il ajouta :

... pour les aliments chauds, nous les refroidissons.

— C'est que j'aime mon parrain, voyez-vous.

— Je voudrais une bouteille de vin rouge de première qualité, commanda le Chancelier, et du pain.

— Bien, monsieur, et comme dessert?

— Une bouteille de vin rouge avec beaucoup de sucre, s'il vous plaît.

Des curieux, le nez aplati contre la vitre, tentaient de deviner la commande. Des paris s'établissaient, l'argent circulait de main en main. Un gendarme se joignit à la foule et joua des coudes pour atteindre le premier rang.

Impavide, le maître d'hôtel écrivait sur son carnet.

— Un poisson frais, commanda Angine. Très frais. Je le veux vivant!

— Et comme entrée?

— Deux cachets d'aspirine à la sauce tomate.

— Pour moi, des œufs durs, de la salade. Et des spaghettis pour tout le monde.

— Et de la musique.

Le maître d'hôtel, frappé de neurasthénie, s'enfonça dans la profondeur des cuisines. Une musique d'orgue s'éleva.

Le Duc des Vitamines vida sa première bouteille en un temps record. Ensuite, il fit claquer sa langue, soupira, rota, desserra sa ceinture d'un cran, éternua, toussa, grogna, loucha, se gratta, ordonna:

— Amenez la seconde bouteille, j'ai une faim de loup.

Angine suçait sagement son poisson frétillant. Quand elle en fut lasse, elle tapa dans ses mains:

— Domestique!

— Quelque chose ne va pas, mademoiselle?

— Je voudrais un plat supplémentaire: du maître d'hôtel à la broche.

Le malheureux joignit les mains.

— Par pitié, mademoiselle, je suis le seul maître d'hôtel de la maison. Conservez-moi à mon parrain ! Vous ne serez pas assez cruelle pour porter un coup fatal à un vieil homme qui n'a pas de cœur ! Si vous avez faim, je puis vous servir les ongles du cuisinier qui les a si bons qu'il ne peut se retenir d'y goûter, ou une soupe aux cheveux, ou une cuiller sale à lécher, mais pas un maître d'hôtel à la broche !

– Donnez-nous l'addition et n'en parlons plus, fit Jonathan.

L'addition était conçue :

Aliments, valeur	12 billets
Déchets, valeur..	- 2 billets
Total	10 billets

– Quitte ou double ? demanda Angine.

– Double, dit le maître d'hôtel.

Angine fit la grimace.

– Il a gagné ! Donnez-lui vingt billets, Jonathan. Je l'imaginais moins malin.

– Mademoiselle est bonne, Mademoiselle est bien bonne. Elle peut emporter les couverts en souvenir.

Jonathan ôta sa chaussure gauche. Il en retira une liasse dont il compta vingt billets. Le Chancelier ramassait les couverts en jubilant.

– Cela renflouera le Trésor Royal.

Mais il mania si maladroitement un couteau qu'il se coupa au pouce.

– Non, le sang, je ne veux pas le voir !

Il s'évanouit. On le transporta à l'extérieur. Le gendarme écarta la foule pour lui faire place.

– On n'en voit plus ? demanda comme à son habitude le vieillard en ouvrant les yeux.

– Non, répondit Angine. Il n'y a que du bouillon de poule, et encore, il n'est pas ici.

– Je vous arrête, prononça gravement le gendarme en posant la main sur l'épaule du blessé.

D'un mouvement preste, le Chancelier glissa les clefs du camion dans la poche de Jonathan.

— Venez me voir en prison, jeta-t-il, tandis qu'on l'entraînait, nous dresserons des plans d'évasion !

Chapitre XIV

Installés sur une banquette de cuir râpé, Jonathan et Angine feuilletaient des magazines féminins, vieux de plusieurs années. Une cinquantaine de personnes attendaient dans l'antichambre de l'avocat. Elles se dévisageaient avec haine. De temps en temps, une femme de ménage, aux bas retombant sur les mollets, passait d'une porte à l'autre en traînant les savates.

On devinait à sa mine désabusée qu'elle était depuis longtemps dans la maison.

À intervalles différents, Maître Corbeau apparaissait au sommet de l'escalier. Les visages se tendaient vers lui, en un même mouvement d'espoir. L'avocat laissait tomber un nom. L'élu, un sourire d'extase sur les lèvres, gravissait les marches qui menaient au cabinet de consultation. Les autres retombaient dans leur morne désespoir.

– Tiens, il y a un test, dit Angine. Nous allons savoir qui vous êtes réellement, Jonathan.

Elle prit une allumette brûlée dans le cendrier afin d'inscrire les réponses.

– Dites oui ou non. Avez-vous le cancer ?
– Non.
– Êtes-vous tuberculeux ?
– Non.
– Avez-vous un foie malade ?

– Non.
– Avez-vous trop de cholestérol ?
– Non.
– Êtes-vous cardiaque ?
– Non.
– Vous connaissez-vous plus de cinq verrues ?
– Non.
– Êtes-vous affligé d'une infirmité cachée ?
– Oui.

Angine additionna les résultats et chercha la solution.

– 1 oui – 6 non : Vous n'existez pas ! Une inhibition quelconque a permis à quelqu'un de prendre votre place. Vous n'êtes pas Jonathan. Vous êtes Jonas. Enfermé dans votre propre ventre, vous attendez que cet autre vous fasse naître, mais il n'y tient pas.

– Affaire Vitamines !

Angine arracha la page du test et la fourra dans sa jupe.

L'avocat les fit asseoir en face de lui. C'était un jeune homme à l'aspect énergique et compétent. Il alluma une cigarette, sans mouvement inutile.

– Ce Vitamines est un duc, m'avez-vous dit ?...

Le téléphone sonna. Maître Corbeau décrocha.

– Allô ? Oui ? Quoi ? Vingt minutes cinq secondes ? Non, je n'avance pas.

Il raccrocha et poursuivit :

– Oui, c'est un duc, alors. Je ne pense pas qu'il sera très difficile de...

Il décrocha le téléphone qui sonnait de nouveau.

– Allô ? C'est vous, cher ami ? J'ai le renseignement que vous cherchez : vingt minutes et cinq secondes. S'il prétend le contraire, appelez-moi. Nous aviserons.

– Un duc... Parfait. L'entrevue pourrait avoir lieu demain...

L'avocat s'aperçut qu'il n'avait pas raccroché le récepteur. Dès qu'il l'eut fait, la sonnerie se déclencha. Il ne répondit pas tout de suite.

– Bon, alors versez-moi une provision et n'en parlons plus. Je m'occupe de tout. Si nous perdons, nous ferons appel.

Pendant que Jonathan comptait les billets, il prit la communication. Sa voix fondit de tendresse.

– Anabella ? J'ai les places. Demain à 5 heures. Une exécution capitale. Bien entendu que je le connais ! Je t'embrasse, Mamour.

Les yeux au ciel, Maître Corbeau empocha l'argent et reconduisit ses clients.

– Téléphonez-moi demain, en fin de matinée.

Il leur serra la main sous les regards envieux des occupants de la salle d'attente.

– Ne vous inquiétez pas, fit Angine, lorsqu'ils se retrouvèrent à l'extérieur. Je vous rembourserai. Vous ne perdrez pas votre argent à cause d'un vieil ivrogne que vous détestez. Je me demande d'ailleurs pourquoi vous restez avec nous. Votre cheville est guérie, non ? Vous ne boitez plus.

– C'est vrai, je l'avais oubliée.

Jonathan esquissa quelques pas de danse.

– Je suis tout à fait guéri, constata-t-il.

– Alors, pourquoi ne partez-vous pas ?

– Parce que je n'en ai pas envie, probablement.

– Vous avez pitié de nous. Vous êtes persuadé que vous nous protégez. Vous vous croyez plus fort que les autres. Vous êtes tout surpris quand les gens sont moins faibles que vous ne le pensez.

– Je ne suis pas parfait, dit Jonathan.

– Vous rendez sournoisement des services pour devenir indispensable. Vous jouez le beau rôle ! Ce n'est pas si souvent que vous avez dû le jouer !

– Pas si souvent.

– Alors, vous sautez sur l'occasion. Mais je préfère vous avertir : vous n'êtes pas si fort non plus. Le Duc des Vitamines est mille fois plus fort que vous ! Tant pis pour votre amour-propre ! Vous n'êtes pas le plus intelligent du monde après tout. D'habitude, vous possédez en réserve une explication pratique pour la moindre chose. Mais voilà que brusquement vous ne comprenez plus rien. Alors vous menez votre petite enquête. Quand votre opinion sera faite vous partirez, pas avant. Vous êtes trop vexé. Je suis certaine que vous iriez jusqu'à nous dénoncer à la police si cela pouvait vous aider à obtenir des renseignements.

– Vous êtes très forte en psychologie, Princesse.

– Et si je vous révélais que je ne suis pas princesse, que le Chancelier n'est pas duc, qu'en déduiriez-vous ?

– Que vous auriez aimé l'être.

– C'est faux. Vous seriez satisfait. Soulagé. « Angine est une petite fille à moitié folle, le Chancelier n'est qu'un vieil ivrogne. » Voilà ce que vous penseriez. Il n'y aurait plus de mystère. Vous pourriez aller exercer ailleurs vos précieux dons de déduction. Et si vous aviez la certitude que je suis une princesse, avec des certificats et des attestations, ce serait pareil. Je vous méprise de A à Z.

Jonathan dévisagea la petite fille avec inquiétude. Sa voix de plus en plus aiguë frisait la crise de nerfs. Sa lèvre inférieure tremblait, elle avait du mal à retenir ses larmes.

– Je suis peut-être aussi un prince ? Qu'en savez-vous ?

– Ou bien un mulet déguisé ? Ou une carpe farcie ? Ou un céleri-rave ? Ou une bouteille de sirop contre la toux ? Sans doute constituez-vous un trésor à vous tout seul !

– Vous n'en saurez rien, c'est un secret. Allons à l'hôtel, vous pourrez vous laver, car, soit dit sans vous vexer, vous ressemblez plutôt à une mendiante qu'à une princesse.

L'*Hôtel du Commerce* exhalait une odeur de matelas éventré. Le réceptionniste aux yeux chassieux les guida jusqu'à leur chambre. Pour lui une pièce à trois lits, une plus grande encore pour elle. Les robinets fuyaient dans l'une comme dans l'autre.

En explorant les armoires, ils découvrirent une bouteille hermétiquement close, couverte de poussière. Quand ils en eurent fait sauter le bouchon moisi, plusieurs feuillets s'en échappèrent. Ils étaient rongés par l'humidité et tombaient littéralement en morceaux. Toutefois, l'un d'eux était assez bien conservé pour qu'il fût possible de lire :

> S.O.S. Je suis un naufragé du temps victime d'une tempête de relativité. Qui que vous soyez, oh ! lecteur futur, venez à mon secours. Délivrez-moi de l'horrible piège dans lequel je suis tombé. Je ne suis pas très loin de vous : un mois en arrière environ. J'ai beau me dépêcher de vivre, je ne parviens pas à vous rattraper. Par moments, quand je vais très vite, j'arrive à distinguer comme dans un brouillard des ombres qui s'enfuient. La seconde suivante elles ont disparu. Je confie cette bouteille à l'armoire qui se trouve au fond de la pièce, car elle semble vieillir plus vite que moi. Hâtez-vous ! Merci !

– Allons nous coucher, fit Jonathan en replaçant les feuillets dans la bouteille. Ce doit être un guet-apens !

Le lendemain, il pleuvait. Enfermés dans le salon de l'hôtel, ils regardaient la pluie couler sur les vitres.

– Connaissez-vous le jeu du Gadin ? demanda Angine.
– Non.
– Il est très simple. On y joue avec un dé et deux pistes parallèles divisées en cases. Chaque joueur lance deux fois le dé pour faire avancer une chaussure sur la piste gauche et une autre sur la piste droite. Lorsque l'écart entre les deux chaussures est trop grand, le joueur tombe. C'est un Gadin.

Celui qui est tombé le moins souvent a gagné. Voulez-vous essayer ?

— Avez-vous le dé, les pistes et les chaussures ?

— Non, en effet. Jouons à autre chose. À la Pomme, par exemple. Chacun reçoit une pomme, qu'il mange les yeux bandés. Celui qui a reçu une pomme véreuse est perdant. Si les deux pommes sont véreuses, la partie est nulle. Les joueurs en prennent une nouvelle, et ainsi de suite.

— Avez-vous des pommes ?

— Non. Jouons au Cavalier Municipal :

> *Cavalier Municipal*
> *Est tombé de cheval*
> *Il s'est rompu les os*
> *On lui donne du sirop*
> *On l'emmène à l'hôpital*
> *On lui donne du Gardénal*
> *Il repose à poings fermés*
> *N'allez pas le réveiller.*

— Comment gagne-t-on ?

— Ça y est, vous l'avez réveillé ! Vous avez perdu !

Jonathan, maussade, regarda l'eau ruisseler sur les carreaux.

— Vous n'appréciez pas mes jeux, c'est évident.

— Je les adore, seulement je n'ai pas envie de jouer. Pourquoi le Chancelier a-t-il été arrêté ?

— Pour une histoire d'espionnage, bien entendu. Le Chancelier en raffole. Il s'y adonne dès qu'il a un moment de liberté. Croyez-vous qu'ils vont le passer à tabac ?

— Le Chancelier est trop malin pour cela. Et puis Maître Corbeau a dû intervenir immédiatement. Enfin, on ne sait jamais !

Dans le hall d'entrée, le réceptionniste, égaré parmi les clefs, se lamentait :

« J'ai encore craché une dent ce matin. Il ne se passe plus de jour sans que j'en perde au moins une. Je ne pourrai bientôt plus manger que de la mie et de la bouillie. Bien sûr, il y a les dentiers; mais il paraît que certaines personnes ne s'y habituent jamais tout à fait. C'est une question d'allergie. J'appartiens sans doute à cette catégorie. Je ne supporte plus rien. Mon estomac refuse toute nourriture. Si j'avais su, j'aurais mangé moins de choux à la crème lorsque j'étais jeune. Si j'avais su… Je serais en meilleur état, maintenant. Pas de glace, pas de gâteau, pas d'alcool, pas de tabac, pas de cholestérol. Hélas! il est trop tard. Je me détériore un peu plus à chaque minute. Et pourtant, Seigneur! comme je me sens jeune et enthousiaste! Combien mon âme est fraîche! Qu'on me laisse vivre encore un peu, je n'abuserai plus de mon corps, je ne ferai aucun excès, je le jure. Je resterai tranquille dans mon coin, sans bruit. Je lirai, je méditerai. Rien que des plaisirs intellectuels. Voilà ce que sera ma vie. Par pitié, Seigneur, encore un petit peu!»

– Il ne parlerait pas de cette manière s'il était roi, ou même prince, dit Angine. Il continuerait à manger des gâteaux aux cérémonies officielles. C'est obligatoire. Désirez-vous entendre l'histoire de la petite aveugle et du crocodile?

– Si vous acceptez de me la conter.

– C'était une petite fille pauvre et aveugle. Elle avait un petit chien au bout d'une laisse pour la conduire. Un jour, il a été avalé par un crocodile affamé. La petite fille pauvre croyait que c'était le chien qui la tirait. Elle le suivait sans méfiance. Toute la journée le crocodile s'est promené le long du fleuve. Les gens qui les voyaient passer croyaient qu'il s'agissait d'un tour de cirque. Ils applaudissaient et bourraient les poches de la petite aveugle de pièces de monnaie. Quand le crocodile est retourné à l'eau, la petite fille l'a suivi. Le poids des pièces l'a fait couler à pic. Moralité: elle était riche, mais pas assez pour voir où elle mettait les pieds.

«C'est une histoire curieuse, n'est-ce pas?

– Vous l'avez inventée?

– Pas du tout. Je l'ai lue dans un livre de cuisine au-dessus de la recette du crocodile au court-bouillon.

Le réceptionniste vint chercher Jonathan.

– Quelqu'un vous demande, monsieur.

Un homme attendait dans l'entrée, absorbé par la lecture du règlement de l'hôtel.

– Vous vouliez me voir, monsieur ?

L'homme pivota. C'était un grand vieillard au visage rude, marqué de nombreuses cicatrices. Ses yeux enfoncés luisaient d'un éclat maladif.

– Monsieur Jonathan ? Mon nom ne vous dirait rien. Allons dans votre chambre, nous serons plus tranquilles.

Dès que Jonathan eut refermé la porte, le vieillard scanda d'une voix vibrante :

– Vous n'en aviez pas le droit, monsieur ! Non. Pas le droit !

– Quel droit, monsieur ?

– Celui de soustraire un enfant à sa véritable famille, celle du cœur ! Un homme malade et une femme infirme sont aujourd'hui plongés dans la désolation par votre faute. Ils méritaient pourtant la paix et le bonheur. Oh ! ils n'étaient pas très exigeants : un petit être aux yeux rieurs leur suffisait amplement. Mais il a fallu que vous leur ôtiez cette humble joie. Qui vous paie : le père, la mère ou les cousins ?

– Je ne comprends pas à quoi vous faites allusion.

– Ne jouez pas au plus fin avec moi. Vous n'ignorez pas que c'est de la petite Edna Collins que je parle. Comment sa famille indigne peut-elle prétendre la récupérer à présent qu'un foyer comme les autres et une vie normale lui étaient offerts ? Certes, le père adoptif est malade, mais l'on s'attache à un être en mauvaise santé. Certes, la mère est infirme, aurez-vous le cœur de le lui reprocher, monsieur ? Ce petit être leur était nécessaire, indispensable. Rendez l'enfant, vous aurez la satisfaction d'avoir commis une bonne action.

– Comment est cette Edna Collins ?

– Vous le savez aussi bien que moi. Elle a cinq ans, elle est brune avec des yeux noisette. Elle a été opérée d'un bec-de-lièvre. Remettez-moi l'enfant, vous ne le regretterez pas.

– Vous vous trompez, monsieur. Edna Collins est une inconnue pour moi. Je voyage en compagnie de ma fille. Elle est rousse et âgée de dix ans.

– Sornettes. Je suis bien renseigné. Ce n'est pas votre fille, c'est Edna Collins !

– Vérifiez vous-même.

En poussant la porte du salon, Jonathan constata l'absence d'Angine. Le vieillard était de plus en plus furieux.

– Puisque c'est comme ça, vous aurez de mes nouvelles !

Lorsque le visiteur fut sorti, Angine abandonna sa cachette sous la table.

– Ouf ! j'ai bien cru qu'il me découvrirait !

– Vous connaissez cet homme ?

– Bien sûr, c'est Kolbetov, le Mage.

– Avez-vous entendu parler d'une petite fille nommée Edna Collins ?

– Non. Par contre, je connais Thomas Collins. C'est mon ministre des Finances.

La pluie redoublait de violence. Un jeune étudiant étranger, installé à la table voisine, rédigeait son courrier. Jonathan commanda deux chocolats et des brioches.

– Comment écrit-on « J'ai payé » ? demanda l'étudiant.

– On peut écrire « Gépayé », ou « Jaipaiyai », ou même « Gépaillet » si l'on a suffisamment d'argent, répondit Angine.

Ils attendirent l'heure de la visite au Chancelier en faisant des emplettes au *Grand Bazar* qui se trouvait en face de la prison municipale. Jonathan acheta différentes pièces de vêtements, des provisions de bouche et une poupée.

La Princesse vola une parure soutien-gorge-porte-jarretelles et une paire de bas résille.

Puisque c'est comme ça, vous aurez de mes nouvelles!

Chapitre XV

Le Chancelier paraissait assez déprimé. Prostré sur sa paillasse, il promenait autour de lui un regard sans joie. Pourtant, à la vue de ses visiteurs, ses yeux parurent s'animer.

– Il y avait une fois un petit garçon nommé Pichniek. Le loup le mangea. C'était un petit garçon si malin que personne ne s'en aperçut.

– Comment allez-vous ? demanda Jonathan.

– Je ne vais plus du tout, mon garçon. Les soucis me manquent, j'en suis malade. Oh ! ce n'est pas d'être en prison. J'ai toujours rêvé de passer ma vie en cellule. Enfant, déjà, j'en mourais d'envie. Mes petits camarades y passaient la majeure partie de leur temps. Mais moi, mes parents n'étaient pas assez pauvres. J'adore la prison. Je peux réfléchir à la condition humaine, méditer sur les petits mystères de l'existence, traiter en imagination les gens comme ils le méritent. J'entreprendrais bien d'écrire mes Mémoires, si seulement j'avais mon coffre… Vous savez, comme je suis un peu amnésique, j'ai pris la précaution, chaque fois qu'un événement important survenait dans ma vie, de faire un nœud à mon mouchoir et de le ranger ensuite dans ce coffre. Le drame c'est qu'il n'est pas là et que je n'ai rien à boire. Je sèche de soif !

– Puis-je vous acheter quelques bouteilles ?

– Voilà l'injustice, mon petit, l'alcool est interdit aux détenus. Alors, je suis triste. Je pense à vous, à la Princesse et au Trésor. Je n'ai pas le cœur à rire, croyez-moi.

Le malheureux éclata d'un rire hystérique qu'il laissa se dérouler avec un geste d'impuissance.

– Vous pouvez le constater, mon hilarité n'est pas naturelle.

Jonathan lui raconta la visite à l'avocat et l'optimisme manifesté par celui-ci. La physionomie du Chancelier s'assombrit encore plus.

– Si l'avocat est optimiste, c'est mauvais signe. Je crains fort d'avoir à finir ma vie dans cette geôle. Un avocat neurasthénique m'aurait rassuré.

Angine mesura la souplesse du lit.

– Le matelas est moelleux. La nourriture est-elle bonne ?

– Je n'ai pas à me plaindre, Princesse, mais sans boisson, je n'ai pas d'appétit. Le geôlier est obligé de me donner à manger, cuillerée par cuillerée. De plus, j'exige une histoire inédite, sinon je refuse d'avaler la moindre bouchée. Ils ont très peur d'une grève de la faim.

Brusquement, le Duc des Vitamines fit un écart. Un cri d'effroi lui échappa.

– Là, un rat !

Jonathan et Angine se jetèrent le même regard surpris.

– Il n'y a pas de rat, mon brave Chancelier.

– Ah non ? Alors, c'est encore un tour de mon Foie.

– Votre Foie vous délègue des rats ? C'est un grand prodige !

– Il est coutumier de ce genre d'ambassade. Un jeune homme de ma connaissance, Paul Probst, fut réveillé au milieu de la nuit par une sensation d'étouffement. Lorsqu'il ouvrit les yeux, il vit un rat sur sa poitrine. Il l'expédia d'un coup de poing à l'autre bout de la pièce. Il lui lança également sa veste, qui dut l'assommer car il ne donna plus signe de vie. Alors Probst le saisit à travers sa veste et jeta le tout par la fenêtre. Il habitait au sixième étage. À mi-chemin, il vit le rat tomber comme une pierre alors que la veste descendait en planant. Probst descendit les escaliers quatre à quatre. Il arriva près du rat au moment où l'animal expirait dans un dernier soubresaut. Eh bien! c'était son Foie, le responsable, parce que ensuite il a pris des petites pilules et il n'a plus jamais eu de rat.

L'ivrogne sortit un mouchoir à carreaux dont il épongea les larmes qui s'échappaient de ses paupières.

– Vous pleurez, Chancelier?

– Ma pauvre petite, j'aimerais vous savoir en sûreté chez votre oncle. Une part importante de mes malheurs s'évanouirait. Je pourrais songer au grand projet concernant mon avenir.

– Votre voyage en Amérique? Votre carrière de chanteur?

– Oui, Princesse. Je m'entraîne tous les jours pour devenir une vedette de première classe. J'ai accompli d'énormes progrès. Quand je chante, mon geôlier fond en larmes. Hier, il m'a dit qu'il avait envie de devenir meilleur en m'écoutant. C'est parce que je suis un débutant. J'espère lui donner bientôt l'envie de devenir pire. Je travaille surtout ma voix et mon solfège. Actuellement, je ne connais que deux notes : le *sol en l'air* et le *fa célibataire*. Elles m'ont promis de me présenter aux autres. Pensez-vous que je puisse réussir?

– Sûrement. Lorsque vous parlez, on croirait entendre de la musique. Il vous faudrait un costume doré.

Le Chancelier se gratta pensivement une dent.

– Princesse, je remets le sort de Jonathan entre vos mains. C'est un jeune homme un peu fruste mais doué d'un certain bon sens. Vous lui confierez la conduite du Royal Éléphant. Ensemble, vous irez chez votre oncle.

– Ne serait-il pas plus sage de me laisser témoigner à votre procès? intervint Jonathan.

Le vieil homme dédaigna de répondre.

Actuellement, je ne connais que deux notes...

– Vous irez sans attendre. Prenez bien soin de lui, Angine. Ma malédiction vous poursuivrait jusqu'à la nuit des temps s'il lui arrivait malheur.

– Et vous, Chancelier?

– Maître Corbeau saura bien veiller sur moi. Promettez de m'obéir.

– Je vous le promets, dit Angine sans émotion apparente.

– Alors, c'est bien.

Sans jeter un seul regard à Jonathan, le Duc retira ses chaussures et se glissa dans son lit.

– Bonsoir. Si vous entendez parler d'une bonne méthode de solfège, pensez à moi.

Il ferma les yeux et s'endormit instantanément.

– En route, commanda Angine.

Ils réintégrèrent l'éléphant. Jérusalem ne fut bientôt plus qu'une masse confuse entre deux montagnes.

– Vous êtes bien attrapé, fit Angine.

– Je suis bien attrapé.

– Vous ne vous attendiez pas à cela?

– Je ne m'attendais pas à cela.

– La prochaine fois vous serez plus prudent. Et inutile de vous monter la tête. Ce n'est pas parce que vous avez la permission de conduire que vous êtes déjà chancelier. Vous n'êtes même pas le quart d'un chancelier. Vous êtes à peine ministre. Je vous destituerai dès que je le voudrai.

– Le voudrez-vous?

– Tout dépendra de vous.

Ils roulèrent en silence durant plusieurs kilomètres. La route s'abaissait en larges boucles vers la plaine. Ils dépassèrent une voiture retournée dans le fossé. Trois hommes en uniforme achevaient d'aligner des corps sur le bas-côté. Une flaque de sang barrait la chaussée. Jonathan ralentit, mais l'un des policiers lui fit signe d'avancer. Un peu plus loin, Angine lança un ordre bref:

– Stop!

Jonathan obtempéra.

– Que se passe-t-il?

– Il y a un superbe coucher de soleil. N'aimez-vous pas les couchers de soleil? Je les adore car ils me donnent l'impression de recevoir du courrier tellement ils ressemblent à des cartes postales.

– Vous recevez beaucoup de courrier?

– Au palais, j'en avais des caisses tous les matins. Ce que je préfère, ce sont les lettres destinées aux autres. Il y en a de magnifiques. Je me souviens d'un mot adressé à Mme Tsé-Tsé, Première Camériste Royale:

> Chère Madame, tout est fermé, les portes, les fenêtres, le gaz. Je me sacrifie car je connais votre horreur de la solitude. Mais je suis également très timide. Alors, si vous en éprouvez l'envie, passez dans la chambre contiguë où je vous attends. Nous converserons. Votre bien dévoué, Bâton.

– Puis-je repartir maintenant?

– Non, attendez. Une fois, il m'est arrivé de recevoir une lettre anonyme:

> Princesse, peut-être ignorez-vous l'endroit où votre chat noir avec une tache blanche (vous voyez, je suis bien renseigné) se rend toutes les nuits. Dans ce cas, vous êtes la seule, car toute la Cour en fait des gorges chaudes. Je préfère vous prévenir car vous m'avez toujours été sympathique: il va rejoindre la chatte du concierge, et on peut les entendre miauler toute la nuit. À bon entendeur, salut. Une amie qui vous veut du bien.

«Le plus curieux dans cette affaire, c'est que je n'ai jamais eu de chat.

– En tout cas, votre mémoire est étonnante.

– Lorsque vous faites des compliments, on a toujours

l'impression que vous vous moquez des gens. Vous pouvez démarrer.

Plus tard, ils garèrent le camion dans un chemin creux pour y passer la nuit. Après avoir dîné, Angine se mit au lit, tandis que Jonathan restait dans la cabine à étudier la carte, en fumant des cigarettes. Lorsqu'il alla se coucher, la fillette dormait à demi découverte, revêtue seulement de la parure et des bas dérobés.

Ou feignait de dormir.

Chapitre XVI

Un cri éveilla Jonathan.

Il sauta du lit et se cogna le genou contre un meuble. La lumière lui révéla le lit vide de la Princesse. La porte arrière béait sur l'obscurité. Il enfila un pantalon qu'il acheva de boutonner hors du camion. À présent, c'était le silence.

– Angine ! Angine ! Où êtes-vous ?

Un nouvel appel lui parvint. Il se précipita dans sa direction. Les ronces le fouettaient au visage et lui déchiraient les bras. Il s'arrêta pour écouter, repartit droit devant lui. Il trébucha sur une racine, tomba en avant.

Un autre cri, tout proche celui-là, le fit repartir. C'était la voix d'Angine. Elle appelait au secours.

Les buissons semblaient animés d'une existence propre. Un cri jaillit derrière l'un d'eux. Jonathan plongea.

Une forme noire se tordit sous lui. Des dents se plantèrent dans son poignet. Il se cabra de douleur. Un coup magistral le libéra de la prise. La petite fille hurlait :

– Jonathan ! Jonathan !

– Du calme, je suis là.

La silhouette s'enfuit dans un grand bruit de branches. Il se jeta à sa poursuite, Angine cramponnée au pantalon. Ils perdaient rapidement du terrain. Ils se retrouvèrent seuls dans l'obscurité, égarés.

Jonathan chercha de quoi fumer. Par chance, il découvrit

une dernière cigarette émiettée au fond du paquet. À la flamme de son briquet il distingua le visage à peine effrayé de la petite fille.

– Que s'est-il passé ?

– Je l'ignore. Je viens de me réveiller. Quelqu'un me portait. J'ai crié. Il s'est mis à courir. Vous êtes arrivé, et voilà.

– Vous n'avez pas vu son visage ?

– Non, je n'ai vu que son dos.

– Comment rejoindre le camion maintenant ? Si nous nous éloignons davantage nous risquons de ne pas retrouver notre chemin, même de jour. Le mieux est d'attendre.

– J'ai froid, dit Angine.

– Je n'y peux pas grand-chose. Si mon briquet était plus gros, vous pourriez vous réchauffer.

– Si la lune était le soleil, je n'aurais pas froid.

– Si vous étiez mieux couverte, vous auriez chaud.

– Si j'étais malade, j'aurais froid tout de même.

– Avec une bonne couverture et une bouillotte, il n'y a pas de froid qui tienne.

– Quand la bouillotte est pleine de glace, il n'y a pas de chaleur.

Jonathan écrasa sa cigarette.

– Venez sur mes genoux, je vous servirai de radiateur.

– Vous avez la chair de poule, constata Angine, quand elle fut installée, votre peau ressemble à du papier de verre.

Sa main caressa le visage du jeune homme.

– Votre barbe est plus dure encore. C'est pour adoucir la joue des très vieilles femmes ?

– Non, c'est pour user les passe-montagnes. Quel bénéfice y trouvez-vous ?

– Je déteste les passe-montagnes !

Elle finit par s'endormir.

Un crapaud coassa, puis un autre. Un klaxon de voiture les interrompit. Le jour se levait.

Jonathan disposa plus commodément la petite fille dans ses bras, puis il se mit en marche. Il parvint sans peine à la route. Un panneau de signalisation indiquant un croisement l'aida à s'orienter. Le camion ne devait pas être loin, il reconnaissait le chemin. Il atteignit bientôt l'endroit où il l'avait garé.

L'éléphant ne s'y trouvait plus.

Il n'y avait pourtant aucun doute possible. La clarté était suffisante pour écarter l'éventualité d'une erreur. Les empreintes des roues, parfaitement visibles sur la terre molle, s'éloignaient en zigzaguant.

Angine assoupie dans ses bras, Jonathan suivit la piste. Les arbres se découpaient avec une netteté insolite sur le ciel saupoudré de talc. Après un détour de la route, il découvrit le camion, immobile, affligé d'une inclinaison révélatrice. Les voleurs jouaient de malchance. Un des pneus avait crevé. Jonathan déposa doucement la Princesse au pied d'une borne puis, à l'indienne, le dos arrondi, les genoux flexibles, il s'approcha de l'éléphant.

Celui-ci était abandonné, ou en avait l'apparence. En tout cas, aucun bandit n'était visible. Il ouvrit la porte arrière pour jeter un coup d'œil à l'intérieur. Tous les meubles avaient disparu. Il ne restait pas un seul objet. Le Trésor venait d'être volé.

Les malfaiteurs n'avaient guère eu le temps de les transporter bien loin. La crevaison était un incident fortuit qu'ils n'avaient pu prévoir. Indécis, le jeune homme examina la campagne. Quelque chose dans l'herbe attira son regard. C'était une carte postale. Il la ramassa. Elle représentait trois jeunes filles pressant des bouquets contre leurs poitrines nues. Au verso, ces mots laconiques : « S'il vous plaît ? » C'était signé « Cervelas Rémoulade ».

La carte provenait assurément du Trésor Royal.

Jonathan s'engagea dans la direction qu'elle indiquait. Il déboucha devant un hangar. Deux cuisiniers en tenue achevaient de charger les meubles sur un chariot dont quatre bœufs constituaient l'élément moteur. Une vieille femme, que Jonathan crut reconnaître, surveillait l'opération.

– Imbéciles! chuintait la vieille. C'est tout ce que vous avez trouvé comme véhicule? Vous n'êtes que des sardines! Je me demande parfois pourquoi je continue à m'occuper de vous. Vous connaissez le sort que je réserve aux sardines?

Malgré le lourd buffet qu'ils étaient en train de hisser, les cuisiniers frissonnèrent. La femme gloussa de plaisir.

– Ah! vous comprenez tout de même! Vous êtes les pires incapables que je connaisse! Incapables d'enlever une malheureuse gamine, incapables de voler un camion, incapables de trouver un moyen de locomotion correct! Cela fait trop d'échecs. Allons, plus vite, paresseux! Nous serons encore là demain avec de pareilles sardines.

Les hommes s'empressèrent. Dans leur hâte, ils firent retomber le meuble qui les blessa. Ils gémirent de douleur.

– Taisez-vous donc, maudits maladroits, vous voulez nous faire repérer? Le dadais ne doit pas être loin. Toujours à fourrer son nez partout, celui-là. Qu'il aille à la Scala!

Jonathan s'aplatit un peu plus derrière son tronc d'arbre. Bien lui en prit, car la vieille, se retournant d'un coup, balaya l'espace de son regard soupçonneux.

– Je me demande ce qu'est devenu le vieux. Il était moins dangereux. Je ne suis pas tranquille. Dépêchons-nous.

– Haut les mains! commanda le jeune homme, sans se montrer.

Les deux cuisiniers obéirent aussitôt, ce qui eut pour effet de répandre le contenu d'une caisse pleine de papiers. La vieille se mit à hurler :

– Imbéciles! Vous ne comprenez pas que c'est lui? Maudites sardines, attrapez-le, il est seul!

Elle n'attendit pas d'être suivie et se précipita vers l'arbre

Vous n'êtes que des sardines!

toutes griffes dehors. Jonathan abandonna sa cachette pour courir vers la voiture.

– Hue ! cria-t-il.

Les bœufs s'ébranlèrent.

– Ho ! hurla la vieille, qui le talonnait.

Les bœufs s'immobilisèrent.

Les deux cuisiniers suivaient la scène avec perplexité.

– Hue !

– Ho ! Allez-vous bouger, maudites sardines ? Tue ! Tue !

Les bœufs se remettant en mouvement, la vieille dut ajouter un « Ho ! » à leur intention. Les deux hommes se ruèrent sur Jonathan, mais ils calculèrent si mal leur élan qu'ils s'étalèrent sur le gazon.

– Hue ! dit Jonathan, brandissant une chaise au-dessus de sa tête.

– Ho !

La vieille n'eut que le temps de se baisser pour éviter un pied de la chaise. Ses complices se relevèrent sans enthousiasme. Ils progressèrent à pas lents, en se protégeant du coude comme des écoliers. Le dossier de la chaise entra en contact avec une nuque. L'un des combattants mordit la poussière.

– Hue !

Jonathan lança de toutes ses forces la chaise sur le cuisinier valide qui la reçut en pleine poitrine. Il s'affala.

– Ho ! râla la vieille.

Elle souleva ses jupes et s'enfuit droit dans les fourrés.

Les cuisiniers éclopés regardaient leur vainqueur avec des mines terrifiées.

– Vous allez m'aider à tout remettre en place. Et vivement, sinon…

Les malheureux chargèrent les objets sur la voiture. Jonathan guida les bœufs jusqu'à l'éléphant, où la totalité du Trésor fut réinstallée. Quand ce fut terminé, il libéra ses prisonniers et alla réveiller Angine qui s'étira voluptueusement.

– Tiens, des bœufs ! J'ai bien dormi. Et vous ?
– Pas tellement. Où est cachée la roue de secours ?
– Je vais la chercher.

Elle courut jusqu'au pachyderme qu'elle escalada avec l'aisance d'une acrobate. La roue était dissimulée sous la selle de carton-pâte qui en surmontait l'échine.

Le camion remis en état, Jonathan allait tourner la clef de contact lorsqu'une puissante conduite intérieure vint bloquer la route dans un crissement de freins. Trois hommes en descendirent.

– Aïe ! soupira Jonathan, les frères Barbe.

Chapitre XVII

Le camion roulait à vive allure. Ligotés à l'arrière, Angine et Jonathan se consolaient en bavardant. Les frères Barbe, magnanimes, avaient négligé de les bâillonner.

– Une barbe cache toujours quelque chose, déclara la Princesse. Quelque chose de louche, en général. Les nées de deux ou trois jours, nouvelles, sont attendrissantes, mais ensuite elles se laissent aller. Entre les poils chargés de miasmes se meut une faune répugnante. Des vers de peau guettent leur proie. Des poux rieurs sautent de tronc en tronc. Et je ne suis pas loin de penser la même chose des moustaches, bien que la région soit moins méridionale !

– Il y a pourtant des barbes soigneusement entretenues ! Comme des jardins à la française !

– Vous défendez les frères Barbe, maintenant ? Je leur réserve mes papiers gras ! Je parie qu'ils vont nous enfermer dans une cave très profonde pour nous torturer à leur aise. Ils nous chatouilleront à la folie et chanteront :

>   *Au-delà des ergs*
>   *S'en vont les touaregs*
>   *Là où il y a du pétrole*
>   *C'est pas drôle*

d'une manière si abominable que nos oreilles en seront toutes écorchées.

– Pourquoi ces affreuses tortures ?

– Pour nous obliger à révéler la cachette du Trésor, c'est élémentaire !

– Alors, avouons tout de suite, puisqu'ils ne peuvent manquer de le voir !

– Comme ils ne savent pas qu'il s'agit d'objets magiques, ils chercheront autre chose. Ils seront bien attrapés. Peut-être aussi demanderont-ils une rançon ? Pour moi, bien sûr, car vous ne valez pas cher.

– Qui paiera votre rançon ?

Elle réfléchit avant de répondre.

– Je ne sais pas au juste. Mon oncle, le Parti Loyaliste, ou les Nations unies, qui peut savoir ? Vous qui n'avez rien, pourquoi ne créez-vous pas une Ligue pour la Protection des Droits de Jonathan ? Elle pourrait vous être utile, plus tard. Lorsqu'on n'est pas un personnage historique, il est préférable de s'y prendre à l'avance pour assurer sa protection.

– Voyons, Princesse, je suis un personnage historique depuis que je vous connais. On ne pourra plus écrire votre biographie sans parler de moi !

– Ne vous montez pas trop la tête. Il me suffirait d'un mot à dire pour qu'on arrache toutes les pages où vous interviendrez. Vous n'êtes pas un personnage historique mais un personnage épisodique. Ne l'oubliez jamais.

Le camion s'arrêta brutalement. Barbe Noire enveloppa la tête des prisonniers dans un sac. On les conduisit jusqu'à un petit réduit où ils furent délivrés de leur harnachement. La pièce, passée à la chaux, était dépourvue de fenêtre. L'air arrivait par une meurtrière. Le mobilier se composait d'une table et de deux lits.

Barbe Noire déposa un plateau contenant une bouteille d'eau minérale et des sandwiches.

– Voilà. Mangez, buvez, ne soyez pas tristes. Je ne voudrais pas que vous ayez de la peine. Nous allons simplement prendre un objet ou deux. Si vous avez besoin de quoi que ce soit, n'hésitez pas à m'appeler. Je resterai toujours à votre disposition. Le réveil est à 9 heures et le petit déjeuner à 10. J'espère que le séjour vous sera agréable. À bientôt, mes chers amis.

— Vous perdez votre temps, répondit la Princesse, vous ne trouverez jamais le Trésor. Jonathan l'a trop bien caché.

Barbe Noire sourit gentiment.

— Vous feriez mieux de tenir votre langue, mignonne enfant, sinon nous pourrions bien en couper deux ou trois centimètres pour goûter les plats brûlants.

Il ferma la porte à double tour en sortant.

— Pourquoi prétendez-vous que j'ai caché le Trésor?

— Parce que ce n'est pas vrai. Comme cela, ils peuvent vous torturer, vous n'avouerez jamais!

— Vous êtes une petite fille extrêmement astucieuse!

— Je suis tout le contraire d'une petite fille, Jonathan. Je joue à en paraître une, mais ça ne m'amuse pas. Bien sûr, je suis encore fraîche, et les ongles de mes orteils ne sont pas hideux comme ceux des pin-up, mais il ne me reste déjà plus tellement d'illusions. Seulement, je suis obligée de faire semblant. Sinon personne ne s'occuperait de moi, et je suis incapable de survivre toute seule. Si seulement il y avait une retraite pour les enfants, comme il y en a une pour les vieillards, je me retirerais dans un petit pavillon en banlieue, et je cesserais de jouer l'idiote.

Le soir, Barbe Noire remplaça le plateau vide par un autre somptueusement garni. Son visage exprimait la fatigue, ses doigts étaient déformés par les ampoules. Il souriait, malgré tout.

— Comment allez-vous? J'espère que vous aimerez ma cuisine. Je vous ai préparé mes meilleures recettes. Voulez-vous que je chante pendant le repas? Ou bien que je danse? Je connais des pas très difficiles, d'une grande pureté folklorique.

– Nous aimerions surtout quitter cet endroit, dit Jonathan.

L'œil de Barbe Noire se mouilla.

– Ma présence vous est-elle à ce point odieuse, cher compagnon d'une nuit ? Je voudrais tant vous satisfaire ! Mais nous n'avons pas encore trouvé ce que nous préférons. Bien sûr, vous possédez un vaste choix d'objets, ce n'est pas de votre faute. Nous hésitons encore. On se lasse si vite des choses, et même des gens !

Barbe Noire souhaita une bonne nuit à ses hôtes. Il parut déçu de ne pas obtenir de réponse.

– Ils me méprisent parce que j'ai une barbe, murmura-t-il en s'en allant.

Le lendemain Angine fracassa une bouteille contre la porte. Barbe Molle, les paupières lourdes de sommeil, accourut.

– Taisez-vous, Choléra !

– Relâchez-nous. Vous ne découvrirez jamais mon Trésor. Vous êtes trop ignare, trop stupide ! « Défense d'afficher ». Cela ne vous dit rien ? Alors libérez-nous !

– Jamais de la vie si vous continuez ce tapage. Que vont penser nos voisins ? Barbe Noire est trop bon pour vous. Quand je pense qu'il me rationne le beurre pour vous le donner, j'en suis malade ! Qu'il me laisse seulement vous chauffer un peu les pieds, il ne sera plus utile de nous donner un mal de chien en pure perte !

Deux journées passèrent. Le visage des frères se creusait à vue d'œil. Vers la fin du troisième après-midi, des coups sourds furent frappés contre le mur. Jonathan y répondit avec sa chaussure. Les coups retentirent une douzaine de fois, puis le silence retomba.

Au milieu de la nuit, une clef tourna doucement dans la serrure. Une femme pénétra dans la pièce et referma vivement la porte sur elle. Lorsqu'il alluma l'ampoule électrique, Jonathan reconnut Coffee, plus belle que jamais, qui, un doigt sur les lèvres, lui recommandait le silence. Angine dormait, mais ses paupières frémissaient.

– Réveillez-la, chuchota la jeune femme. Ne faites pas de bruit. Nous allons nous évader.

La bouche de Coffee était tout contre l'oreille de Jonathan. Il sentait son parfum, un mélange de violette et de menthe.

– Êtes-vous prisonnière également ? s'enquit-il tout en habillant Angine, encore à moitié endormie.

– Oui, Jonathan. Je suis captive des frères Barbe, chez moi. Depuis que Smarkache n'est plus, Barbe Verte s'est mis en tête de m'épouser. J'ai refusé car je hais les barbes. Alors, il m'interdit de sortir, de peur que je m'éprenne d'un autre que lui. Il y a longtemps que je voulais m'enfuir, mais je vous attendais. Je savais qu'un jour vous reviendriez.

Angine était prête. Elle n'accorda qu'une attention restreinte à Coffee.

– Tiens, c'est vous, ce n'est pas une heure pour les visites !

– Je suis une fée, je n'ai pas besoin de me conformer à un horaire. Je suis intervenue pour vous aider. Même une princesse a besoin d'une bonne fée.

– Je n'ai pas besoin d'une fée boiteuse, ricana Angine, et vous vous fichez pas mal de moi. C'est lui qui vous intéresse. Seulement lui. Tournez-vous pendant qu'il s'habille.

Coffee obéit. Des sanglots agitaient ses épaules. Mais lorsqu'elle se retourna à la demande de Jonathan, elle ne pleurait plus.

– Ce n'est qu'une petite fille mal réveillée, mal lunée. Il ne faut pas lui accorder trop d'attention.

– Elle a raison, Jonathan. Je ne suis qu'une fée boiteuse. Une fée qui fait honte. Personne ne se soucie de m'avoir pour alliée, à part Barbe Verte !

Angine intervint :

– Il faut savoir supporter la vérité, à petite dose ce n'est pas mortel et ça immunise. Après, vous serez plus forte pour affronter Gujine ou Kolbetov. Parce que, maintenant, ma chère, excusez-moi de vous parler ainsi, vous ne faites pas le poids. Le Chancelier vous dirait la même chose.

– Où est Santa Claus ?
– En prison.

Jonathan mit rapidement Coffee au courant de leurs mésaventures.

– Suivez-moi jusqu'au camion.

Ils rejoignirent l'éléphant après un long périple à travers les étages. Par bonheur les objets n'avaient pas été déchargés. Les frères Barbe, exténués, se reposaient sur un amoncellement de housses. Le bruit du moteur les fit se dresser, tous poils hérissés.

Ils coururent à côté du camion qui prenait peu à peu de la vitesse.

– Mes chouchous, mes agneaux, haletait Barbe Noire, mes bilboquets en sucre, ne me quittez pas ! Je vous préparerai des pique-niques, je vous inviterai à des thés dansants ! Laissez-nous seulement le temps de choisir parmi vos jolies babioles ! Je vous donnerai une mèche de ma barbe !

– Mon escarcelle d'amour, mon coffre-fort, ma caisse d'épargne ! râlait Barbe Verte, épousez-moi immédiatement ! Madame Barbe Verte, votre mari vous appelle ! Je vous ferai avaler ma barbe si vous ne m'obéissez pas sur l'heure.

– Tonnerre de 50 000 volts, vociférait Barbe Molle, attendez-nous. Vous devez payer vos frais de séjour : cinq petits déjeuners complets, deux rosbifs bien tendres, des légumes verts et des flans. Je ne compte ni le pain ni la boisson. Nous ne vous enlèverons plus jamais. Je ferai une séance de guignol pour tout le monde, sauf pour vous !

Les trois frères furent rapidement distancés. Ils revinrent penauds vers la maison, pour préparer leurs valises, sans doute.

Coffee secoua sa jolie tête.

– J'espère être débarrassée d'eux pour un moment. S'ils n'ont pas déguerpi à mon retour, je les confierai à la Garde Brune de mon père.

– Vous avez été merveilleuse, dit Jonathan.

– Mettons passable, rectifia Angine.

Chapitre XVIII

Les phares transformaient les arbres en fantômes pressés.
– Où irez-vous, Coffee ?
La jeune femme referma son tube de rouge. Elle se passa la langue sur les lèvres avant de répondre.
– Je n'ai que l'embarras du choix, Jonathan. Je possède au moins une maison dans chaque ville. Le seul ennui c'est que j'ignore leurs adresses. Tant pis, je consulterai l'annuaire. Viendrez-vous me rendre visite ? Ne tardez pas trop, je risque d'être remariée ! Mes maris ne sont pas tellement sympathiques !
– Comment vous trouverai-je ? Je vais sûrement me tromper de ville !
– C'est bien simple, je mettrai une petite annonce dans le journal. J'espère que Santa Claus pourra venir également. Ainsi que la Princesse avec son oncle.
– Alors je n'irai pas. Je n'aime pas les vieilles générations.
– Que reprochez-vous aux anciennes générations ? Vous vous entendez pourtant bien avec Santa Claus.
– Oh ! lui, ce n'est pas pareil ! C'est un employé. Je leur reproche de promener sur le monde le regard serein des imbéciles qui s'imaginent avoir compris. En fait, ils ne voient que du feu. Ils sont fiers de leur expérience, mais ils

ne savent pas s'en servir. Ils disparaissent mystérieusement vers quatre-vingts ans, quand ce n'est pas avant.

— Et vous ?

— Je pense, donc j'en profite.

Jonathan pointa l'index vers la route.

— Regardez ! Je ne me trompe pas ?

— Le Chancelier ! Santa Claus ! s'écrièrent en même temps la petite et la jeune femme.

C'était bien lui, les yeux clignotant à la lueur des phares. Lorsqu'il reconnut l'éléphant, il se mit à bondir en agitant les bras. Jonathan stoppa.

— Duc ! Quelle chance ! Vous n'êtes donc plus en prison ?

— Je me suis évadé, avoua candidement le vieillard en prenant place sur la banquette qui commençait à fléchir.

— Les gendarmes vous arrêteront à la première occasion !

— Je sais. C'est une impudence, mais à mon âge on ne perd pas son temps. D'ailleurs, il m'agaçait trop.

— Qui donc ?

— Le geôlier. Il était d'une prétention insupportable chaque fois qu'il gagnait aux échecs. Je lui ai dit : « Si vous continuez à manquer de tact, je m'en vais. » Il ne m'a pas cru. Hier soir, il a gagné et il s'est montré encore plus odieux que d'habitude. Je lui ai subtilisé sa clef et je suis parti.

— Comment êtes-vous arrivé jusqu'ici ?

— En auto-stop. Je ne pensais pas vous rencontrer sur la route à une heure pareille. Vous risquez une insomnie. Et vous, Coffee ?

— Nous venons aussi de nous évader ! dit Angine. Les frères Barbe nous ont capturés ; ils ont volé le camion et le Trésor.

À ces mots, le Chancelier devint terriblement pâle.

— Rassurez-vous, Coffee a été un amour, elle nous a libérés. Grâce à elle, nous avons pu récupérer le Trésor.

— Les frères Barbe sont une véritable calamité, soupira le

vieillard. Il faudra que j'en dise un mot à mon teinturier, il est très influent.

– Vous devriez vous déguiser, reprit Jonathan. Votre signalement a dû être communiqué à tout le pays.

– C'est déjà fait, mon garçon. J'ai changé d'opinion, plus personne ne me reconnaîtra. Évidemment, l'apparence est la même, mais dès que j'ouvrirai la bouche, on sera bien forcé de constater que je suis un autre homme.

– Sur quoi avez-vous changé d'opinion ?

– Sur les melons d'eau, par exemple, maintenant, je suis pour. Sur le travail, la famille, la patrie, je suis neutre. Sur les environs, je suis à peu près. À propos, n'avez-vous pas remarqué de gros rats noirs au regard torve, par ici ?

– Non, pas un seul. Votre foie vous tracasse-t-il, mon bon Vitamines ?

– Oui, Princesse, il ne cesse de me harceler. J'aimerais pouvoir expliquer aux rats que je n'ai rien contre eux, que nous ferions mieux de conclure un pacte, ensemble, pour lutter contre notre ennemi commun, le Foie. Mais ils ne veulent pas m'écouter. Ils se contentent de me dévisager pour me rendre fou. Jonathan, il doit rester une bouteille de vin rouge dans la boîte à gants. Auriez-vous l'amabilité de me la donner avant qu'un de ces maudits rats ne me la siffle ?

Jonathan lui tendit la bouteille. L'ivrogne en vida la plus grande partie sans reprendre haleine, puis il enchaîna :

– Et vous, Coffee ? Votre mari est-il remis de son accident ? Vous lui présenterez mes compliments.

– Lui ? Il m'a rendue veuve. Je suis si riche maintenant que l'odeur de mon porte-monnaie, lorsque je le laisse ouvert, me donne la migraine. Désirez-vous quelque chose, Santa Claus ? J'aimerais vous offrir un joli cadeau.

– Je voudrais une caisse de bouteilles de vin.

– Que comptez-vous faire de toutes ces bouteilles ?

– Les boire, Coffee.

– Vous les voulez donc pleines ? Alors, j'achèterai le vin en même temps que les bouteilles, ce sera plus pratique.

– Comme cela, si je suis dans le besoin, je pourrai me faire rembourser les consignes. La vie d'artiste est bien aléatoire !

– Êtes-vous satisfait de vos progrès ? demanda la Princesse.

– Ravi. À la fin, mon geôlier avait envie d'étrangler les nourrissons en m'écoutant. J'ai surtout travaillé une chanson de ma composition :

> *À ma fenêtre il y a des barreaux*
> *À ma fenêtre il y a des barreaux*
> *À ma fenêtre il y a des barreaux*
> *À ma fenêtre il y a des barreaux*
> *À ma fenêtre il y a des barreaux*
> *À ma fenêtre il y a des barreaux.*

« Que pensez-vous des rimes ?

– Elles sont excellentes, Chancelier.

D'une voix rêveuse, Coffee murmura :

– Quand j'étais petite, j'avais une nurse qui avait coutume de m'endormir au moyen d'un charmant poème, très joli, très poétique, qu'elle disait d'une voix particulière, ni douce ni aigre, avec un soupçon de nostalgie dans les yeux. Ce poème racontait l'histoire d'une jeune fille amoureuse d'un jeune homme, mais le jeune homme aimait une autre jeune fille. Alors la jeune fille du début se lamentait la nuit en regardant la lune. À la fin, elle épousait un boucher et restait malheureuse toute sa vie, mais mangeait de la viande de première qualité.

– Stop, hurla le Chancelier, un gros rat au milieu de la route ! Là, juste devant nous !

– Je ne vois rien, dit Jonathan – mais il freina quand même.

Le vieillard ouvrit la portière et sauta sur la chaussée. Il se précipita vers un point désert de la route en poussant des cris inhumains.

J'aimerais pouvoir expliquer aux rats
que je n'ai rien contre eux…

— Il est ensorcelé, souffla Angine, les yeux écarquillés.

Le Chancelier se démenait dans la lumière des phares. Il ressemblait à un acteur sur une scène de théâtre.

— Arrière, rats maudits, rats aux yeux torves ! Mangez-vous ! Noyez-vous ! Quittez mon navire !

Les rats devaient se déplacer car l'ivrogne courait d'un côté à l'autre.

— Il les tuera jusqu'au dernier, confia Angine à Jonathan. Regardez comme il se bat bien ! C'est un plaisir de le voir.

Une voiture surgit en haut de la côte. Elle évita de justesse le héros et s'enfonça dans la nuit. Il ne la remarqua même pas.

— J'en tiens un, exulta-t-il, en levant haut la main pour montrer sa prise aux passagers du camion.

Une pluie de graviers s'échappait de ses doigts crispés. Il fit le geste de lancer au loin le cadavre de l'animal, puis reprit sa lutte frénétique.

— Encore un, triompha-t-il. Et encore un, et encore un... Ah, ah ! Vos yeux torves s'agrandissent. Vous ne pensiez pas avoir affaire à si forte partie. Attendez, ce n'est rien encore !

Il tomba sur les genoux.

— Je me battrai jusqu'au bout. Approchez, rats, accourez, j'ai encore la force de vous tordre le cou, de vous rompre l'échine, de vous broyer les os, de vous casser les reins, de vous piler les muscles, de vous arracher la queue !

Angine sauta sur son siège.

— Mon brave Chancelier ! Il est magnifique, Jonathan. Ne l'aiderez-vous pas à combattre cette horde de rats invisibles ? Auriez-vous peur ? Seriez-vous lâche ?

— J'y vais, Princesse, répondit Jonathan.

Il rejoignit le vieillard.

— Courage ! J'arrive à la rescousse !

L'ivrogne ne détourna pas la tête.

— Merci, mon garçon. Vous ne serez pas de trop, regardez

tous ceux qui arrivent. Il y en a des légions et des légions. Ce ne sont pas des rats ordinaires. Ils marchent en ordre parfait, quatre par quatre, ils avancent sans se presser, disciplinés comme des soldats. Un rat blanc vient en tête, il aiguise ses dents les unes contre les autres, il lève sa patte griffue pour ordonner l'assaut... Attention ! il y en a un derrière vous...

Jonathan fit volte-face. Il donna un coup de pied dans un caillou. Le Chancelier hurla « Pour la Princesse ! », il parcourut quelques mètres à quatre pattes puis s'effondra de tout son long.

Jonathan courut vers le corps inanimé du vieillard. Il se pencha sur sa poitrine.

Le silence était impressionnant.

Chapitre XIX

– Il s'est rendu compte qu'il n'était pas assez bien déguisé, expliqua Jonathan à Angine qui hochait la tête, alors il a changé de temps. On ne pourra plus l'arrêter. Il est très malin.
– Cela signifie quoi, «changer de temps»?
– Il est passé du présent de l'indicatif à l'imparfait. Si bien que le Chancelier n'est plus avec nous, mais «était» avec nous. Saisissez-vous la nuance?
– Parfaitement, j'ai toujours adoré la grammaire.
– Allons-nous le laisser ainsi au milieu de la route? demanda Coffee, les yeux pleins de gouttelettes.
– Je vais le porter à l'intérieur du camion.
Pendant que Jonathan l'installait sur une housse, un portefeuille s'échappa de la veste du défunt. Il contenait différents papiers relatifs à l'éléphant, établis au nom de Mme Angus Feld, un permis de conduire comportant la photographie d'un individu dénommé Frédéric Bog, une enveloppe froissée arborant la suscription :

Jonathan, urgent.

Il la décacheta et lut :

Mon garçon, si vous avez besoin de quoi que ce soit servez-vous, mais ne touchez pas au Trésor. Lorsque Angine sera chez son oncle, vous pourrez aller la voir de temps en temps si vous n'en profitez pas pour lui mettre toutes sortes d'idées saugrenues dans la tête. Le camion est à elle, pas à vous. Quand elle n'en voudra plus, qu'elle le casse mais ne s'en sépare pas. Votre présence ne m'a pas toujours été insupportable, j'aurais même bien aimé avoir votre photo. Remettez cette lettre à Angine après en avoir absorbé le contenu. Buvez un verre à ma santé. Je baise la main de la Princesse. Le Chancelier, Duc des Vitamines.

Le jeune homme remonta dans la cabine. Il tendit la lettre à la Princesse qui en prit connaissance sans marquer de réaction.

— Nous nous séparerons de Santa Claus à La Mecque, dit Coffee. C'est la prochaine ville, il y a tout ce qu'il faut.

— Espérons-le, répliqua Jonathan. Nous devons ranger le Chancelier dans un endroit sûr, pour qu'il ne s'abîme pas. Il voudra peut-être revenir un jour au présent de l'indicatif.

— C'est certain. J'ai pensé à différents endroits, mais je ne suis pas encore décidée. Avez-vous une opinion ?

— Nous pourrions le mettre dans une boîte, proposa Angine.

— Ce n'est pas bête. Oui, une boîte en bois. Mais la boîte elle-même, où l'entreposerons-nous ?

Pendant que le camion roulait, ils réfléchirent à la question. Coffee suggéra un coffre-fort, mais cela ne résolvait pas le problème. C'est la Princesse qui découvrit la solution.

— Si nous placions la boîte au fond d'un trou dans la terre, ce serait l'endroit idéal !

Tous en convinrent.

— Je vous quitterai dès que le Chancelier sera en sécurité, déclara Coffee. Je dois faire la tournée de mes demeures pour y mettre un peu d'ordre, car elles doivent être horriblement mal tenues depuis le temps que personne n'y va.

– Vous allez avoir beaucoup de travail. Vous n'avez personne pour vous aider ?

– Je ne resterai pas longtemps seule, Angine. Peut-être Jonathan viendra-t-il lui-même à mon secours dès qu'il vous aura conduite chez votre oncle ? Peut-être prendrai-je des locataires ? Je n'ai que l'embarras du choix.

La Mecque s'annonçait au loin dans le jour naissant.

Jonathan eut vite fait de découvrir un magasin peint en noir, à la vitrine encombrée de fleurs. De la lumière filtrait par la porte de l'arrière-boutique. Le commerçant ouvrit au premier coup frappé sur le carreau. C'était un gros homme jovial qui se frottait l'estomac de satisfaction.

– Vous avez de la chance de me trouver. Une minute plus tard, j'étais à la morgue.

Avec son aide, Jonathan transporta le Chancelier dans le magasin.

– Vous prendrez bien un verre, en attendant le docteur, proposa l'homme. Il ne va pas tarder, car il habite au-dessus.

Jonathan accepta un verre de vin rouge. Il ne l'avait pas encore terminé quand le docteur arriva. Il était mal réveillé. Dans sa hâte, il avait mis ses lunettes à l'envers.

– Il s'est fait dévorer par des rats, à ce que j'ai compris ?

– Pas tout à fait. C'étaient des rats invisibles. En réalité, le plus grand ennemi du Chancelier était son foie.

Le médecin hocha la tête. Il parcourut le corps d'une oreille distraite, palpa çà et là puis dévissa son stylo.

– Hum… Il est mort de quelque chose. Voilà le certificat nécessaire. Adieu. Il faut que je me rende auprès d'une malade qui dort dans mon lit.

Les formalités furent rapidement réglées. Jonathan rejoignit les femmes qui somnolaient dans le camion. Coffee ouvrit les yeux.

– Je vous quitte ici, Jonathan. Prenez grand soin de vous.

Je serais trop malheureuse s'il vous arrivait quelque chose. Acceptez cette bague. Il vous suffira de la tourner deux fois vers la gauche et deux fois vers la droite pour que je pense à vous. Où habite l'oncle de la Princesse ?

– À Lisieux, dans une maison ornée de céramique.

– J'ai passé des vacances à Lisieux, étant enfant. Je me souviens de beaucoup d'arbres. L'étrange est qu'ils étaient pourvus de voiles. J'en ai appris la raison beaucoup plus tard. L'industrie locale étant la fabrication des mâts de navire, on pose des voiles sur l'arbre dès son plus jeune âge, afin d'habituer le bois aux pressions du vent. À bientôt, Jonathan.

Elle effleura d'un baiser le visage du jeune homme, caressa la chevelure rousse d'Angine endormie. Ses souliers claquèrent inégalement sur le trottoir. Elle s'en alla sans jeter un regard en arrière.

– En attendant vous n'avez plus de cigarettes, dit Angine. Votre paquet est vide. Il faut en acheter au bureau de tabac.

Elle était réveillée et semblait d'excellente humeur.

– Je vais être obligé de me restreindre, Princesse. Je ne possède presque plus d'argent. Mais il y a tant de mégots par terre qu'il n'y a qu'à choisir.

Ils en firent bientôt une provision suffisante pour remplir le paquet de gauloises.

– Ne vous inquiétez pas, dit Angine. Puisque le Chancelier n'est plus là, vous pourrez vendre le Trésor Royal. Il n'y a plus de raisons de nous priver, désormais.

– Dressons l'inventaire. Ensuite, nous aviserons.

La liste fut rapidement si longue que Jonathan dut la diviser en deux parties, horizontale et verticale, pour donner de chaque pièce une définition précise. Lorsque le classement fut terminé, ils se trouvèrent en possession de plusieurs grilles de mots croisés qui les renseignaient parfaitement sur le contenu du camion.

Cela donnait à peu près :

HORIZONTALEMENT. – 1. Fabriqué pour Ariane. En personne. – 2. Voyage épluché. Panique. Moins clair que le charbon. – 3. Cerkle vicieux. C'est devenu un sport. – 4. À deux doigts du précipice. – 5. Courge ! Fourbe ! Sic ! Placé sous surveillance médicale pour une quinzaine de jours. – 6. Petit lutin d'Anvers. Voisin de Juliette. – 7. À laisser fondre lentement dans la bouche. Chez un dramaturge espagnol. – 8. Les plus gros ne font pas le poids. – 9. Il est tendre. Lève-toi et tombe. Lève-toi et rampe. – 10. Fit damner Jésus.

VERTICALEMENT. – 1. Sosie solitaire. Le temps qu'il fera pour Nicolas. – 2. Trois ans. Glas de bas de page. – 3. Chronique de quoi ? – 4. Poe et Cie. Objet de discorde. – 5. À l'ancre en Chine. La monnaie de ta pièce. – 6. Un outil plus précieux que vos mains. – 7. Une chose certaine. La source innocente de tant d'efforts. – 8. Humour secret. Passions moyennes. – 9. Donneurs de sang. – 10. Qui j'étais.

Pour plus de clarté, un dessin accompagnait le texte.

Il ressemblait vaguement à celui-ci:

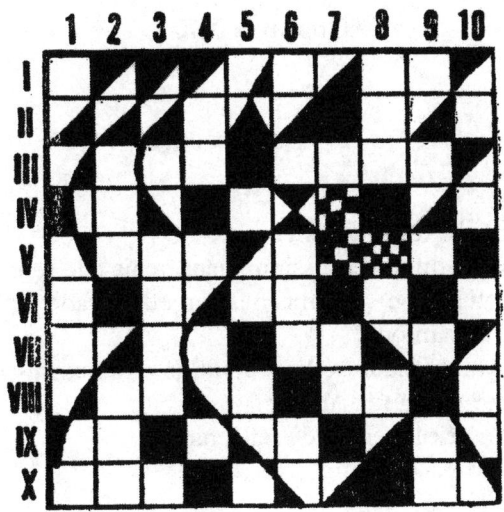

Tout était très bien rangé, mais rien ne semblait avoir beaucoup de valeur.

Chapitre XX

La mer était toute proche.

Parfois, les dunes la dissimulaient, mais elle reparaissait toujours, plus grise, plus morne. Son odeur fade emplissait la cabine du camion.

– Avez-vous rencontré beaucoup de femmes aussi belles que Coffee ? demanda Angine.

Jonathan prit le temps de réfléchir.

– Une, avoua-t-il enfin.

– Qui était-ce ?

– Je ne sais plus.

Angine était suspendue à ses lèvres ; comme il n'ajoutait rien, elle poursuivit :

– Coffee est très séduisante. Au début je ne l'appréciais pas, pourtant, je m'y suis habituée. On doit pouvoir s'habituer à tout le monde. Même à vous. Pour en vouloir aux gens, il faut des raisons peu banales. Sinon, ils ne sont pas bien gênants. En fin de compte, les sentiments ont peu d'importance. Moi je n'en éprouve aucun. C'est pour ça que je suis heureuse.

Une jeune femme, en maillot de bain, courait dans l'eau en faisant jaillir de grandes gerbes d'éclaboussures. Elle agita les bras en direction de l'éléphant.

– Ne répondez pas, ordonna la Princesse.

La baigneuse agita encore deux ou trois fois les bras et plongea en riant.

– C'est drôle, Jonathan. J'ai déjà oublié la couleur des yeux du Chancelier. Je n'arrive plus à imaginer son visage. Comme si sa photo était au fond d'un verre plein d'eau trouble.

– La différence de temps produit souvent cet effet.

– Pourtant, je me souviens très bien de petits faits insignifiants. Ainsi, il lui est arrivé de hausser les sourcils un jour que je lui parlais trop vite. Sa façon de hausser les sourcils m'a frappée. J'y songe souvent depuis. Je revois les deux plis au milieu du front et les rides au coin des yeux, mais le reste de sa figure m'échappe. Une autre fois, alors qu'il mâchait un croûton de pain, son menton était tout bosselé. J'ai remarqué, bien après, qu'il en était de même pour la plupart des gens.

– Nous allons prendre de l'essence avec mes derniers billets. Ensuite, il faudra vendre quelque chose.

Il rangea le camion devant une station-service. Le pompiste vint prendre la clef du réservoir.

– Le plein, monsieur?

– Le plein.

Jonathan appuya sa nuque sur le dossier de la banquette.

– Vous avez sommeil? C'est vrai que vous n'avez pas dormi! Moi, je me sens toute reposée. Mais si vous voulez, nous pourrons nous arrêter pour dormir.

– Ce n'est pas la peine. Plus vite vous serez chez votre oncle, mieux cela vaudra.

Le pompiste ramena la clef.

– Alors, vous avez trouvé l'oncle?

– Quel oncle?

– Celui de la petite. Au fait, c'était un vieux qui conduisait l'engin. Il est mort, ou quoi?

Jonathan jeta un coup d'œil à Angine. Elle se désintéressait complètement de la conversation. La jupe relevée sur les cuisses, elle s'amusait à faire naître sur sa peau des traces à coups d'ongle.

– Connaissez-vous la route de Lisieux ?

– Je l'avais indiquée à l'autre. C'est sur la droite après l'arbre blanc. J'ai bien vu qu'il prenait à gauche. Mais qu'est-ce que je pouvais faire ?

Jonathan paya. Le pompiste arrêta la circulation pour lui permettre de reprendre la route. Le jeune homme le remercia de la main.

– Ainsi vous êtes déjà venue jusque-là ?

Angine haussa les épaules, sans répondre.

– Depuis combien de temps êtes-vous à la recherche de votre oncle ?

Elle sortit un calepin noir de sous sa jupe.

– C'est un véritable interrogatoire policier auquel vous me soumettez ! Eh bien ! soyez satisfait. Écoutez :

« JEUDI 12 JANVIER. – Le Chancelier a dessiné mon portrait sur la buée qui recouvre le pare-brise. Tout à l'heure, au mois de juillet, on y mettra un cadre.

« JEUDI 13 JANVIER. – Marche-t-on plus souvent dans les excréments chez soi ou dehors ? La semelle du Chancelier sent mauvais. Il ne sait pas où "cela" lui est arrivé.

« JEUDI 14 JANVIER. – Le Chancelier a laissé échapper sa savonnette. Il n'y avait pas un seul poil dessus lorsqu'il l'a ramassée. Il a paru étonné.

« JEUDI 15 JANVIER. – Le Chancelier a réussi à conduire le camion pendant trois minutes les yeux fermés.

« Voilà, c'est tout pour janvier.

« 1er AVRIL. – Le Marquis a renversé un cycliste. Le soir nous avons mangé du poisson pour le punir.

« 25 DÉCEMBRE. – Le Chancelier s'est blessé en gommant un document. Il s'est effacé le bout du pouce.

« VENDREDI 1er JANVIER. – Le Chancelier m'a parlé de sa famille. Il a ri.

« DIMANCHE 12 JUILLET. – Le Chancelier a pleuré.

« MARDI 3 MARS. – En croisant un rouleau compresseur sur

Depuis combien de temps êtes-vous
à la recherche de votre oncle ?

la route, le Marquis a évoqué ses débuts. Il reconnaît que si on ne l'avait pas aidé, il ne serait arrivé à rien.

«JUIN après-midi. – Rien de ce que peut dire ou faire le Chancelier ne m'intéresse. Je m'ennuie.

«C'est fini. J'ai sommeil.

Jonathan donna un coup de volant. Les roues patinèrent dans le sable de la dune, mordirent sur l'herbe. Le camion franchit en cahotant une centaine de mètres, puis roula en douceur sur la grève qui réfléchissait l'image d'une baleine russe.

– L'endroit vous convient-il, Princesse?
– À merveille.

En descendant, ils mouillèrent leurs chaussures.

– Allons nous baigner, proposa Angine. La mer lavera votre blue-jeans. Moi, je garde ma combinaison.

Ils pénétrèrent dans l'eau en courant. La petite fille nageait bien mieux que Jonathan qu'elle ne tarda pas à distancer.

– Revenez, Princesse, cria-t-il, alarmé. N'allez pas trop loin.

Elle riait sans répondre.

Il ne voyait plus d'elle qu'une tache rousse, animée par la houle. Renonçant à la poursuivre, il regagna le rivage désert et se laissa tomber à l'endroit où les vagues, à bout de forces, venaient mourir l'écume aux lèvres. Son pantalon mouillé luisait comme du cuir verni.

Au loin, la petite tache rousse clignotait. Soudain, elle disparut. Il scruta la surface de l'eau mais aucune couleur n'émergeait de sa monotonie. Il appela, puis se mit à nager vigoureusement vers le large. Une voix familière résonna parmi les cris des mouettes:

– Jonathan! Où courez-vous?

Angine était sur la plage. Elle riait à pleine gorge du bon tour qu'elle venait de jouer.

Ils s'endormirent au soleil, si bien qu'ils étaient devenus

plus roses que l'éléphant lorsqu'ils se réveillèrent. Angine courut chercher la machine à écrire.

– Je vais composer un tableau. Nous en garderons chacun un exemplaire comme souvenir, dit-elle en glissant une feuille de papier carbone entre deux pages blanches. Plus tard vous penserez à moi en le regardant. Je suis très forte pour les tableaux.

– C'est fini, annonça-t-elle, après une heure de travail acharné. Est-ce que c'est ressemblant?

Il cligna des yeux, la feuille tendue à bout de bras.

ciel ciel ciel ciel ciel ciel ciel ciel ciel ciel ciel ciel ciel
ciel ciel ciel ciel ciel ciel ciel ciel ciel ciel ciel ciel ciel
ciel ciel ciel ciel ciel ciel ciel ciel ciel ciel ciel ciel ciel
mouette ciel ciel ciel ciel ciel ciel ciel ciel ciel ciel ciel
ciel ciel ciel ciel ciel ciel ciel ciel ciel ciel ciel ciel ciel
ciel ciel ciel ciel ciel ciel ciel ciel ciel ciel ciel ciel ciel
ciel ciel ciel ciel ciel ciel ciel ciel ciel ciel ciel ciel ciel
ciel mouette ciel ciel

mer mer mer mer mer mer mer mer mer mer mer
mer mer mer mer mer mer mer bateau mer mer mer
mer mer mer mer mer mer mer mer mer mer mer
mer mer mer mer mer mer mer mer mer mer mer
mer mer mer mer mer mer mer mer mer mer mer
mer mer mer mer mer mer mer mer mer mer mer
mer mer mer mer mer mer mer mer mer mer mer
mer mer mer mer mer mer mer mer mer mer

vague vague vague vague vague vague vague vague
vague vague vague vague vague vague vague vague
vague vague vague vague vague vague vague vague
écume écume écume écume écume écume écume

sable sable sable varech sable varech sable sable sable
sable sable sable sable sable sable sable sable sable
sable sable sable sable Angine sable sable sable sable
sable sable Jonathan sable sable sable sable sable sable
sable sable sable sable sable Éléphant sable sable sable
sable sable sable sable sable sable sable sable sable
sable sable sable sable sable sable sable sable sable
sable sable sable sable sable sable sable

– C'est magnifique. J'ignorais votre talent !

– J'ai abandonné la peinture à cause d'un Critique d'Art, ami de la Couronne. Il était cultivé, honnête, mais il souffrait de l'indifférence que lui témoignaient les peintres. Aucun ne le prenait au sérieux. Ils ne lisaient jamais les articles qu'il leur consacrait, ils ne l'invitaient pas aux vernissages, et s'ils formaient quelque projet de manifeste, il en était le dernier averti. Le jour de parution de *La Gazette*, le Critique d'Art se rendait d'atelier en atelier pour recueillir des opinions sur ses chroniques. Hélas ! personne ne les avait lues, personne ne voulait les lire. À la fin, le malheureux s'aigrit et devint méchant comme une teigne. Le croiriez-vous, pas un artiste ne changea d'attitude à son égard. Ils se souciaient fort peu de ses changements d'opinion. Le Critique, désespéré, s'en fut par les chemins, au volant d'un rouleau compresseur. Il appelait ça «faire de l'antisculpture».

– Je n'ai pas très bien compris le sens de votre anecdote. Comporte-t-elle une morale ?

– Plusieurs. Morale, au singulier, est forcément immoral.

– D'ailleurs, il vous reste la littérature !

– Oui, mais…

....

Il faut écrire dans les passages cloutés pour ne pas se faire écraser par la Critique.

....

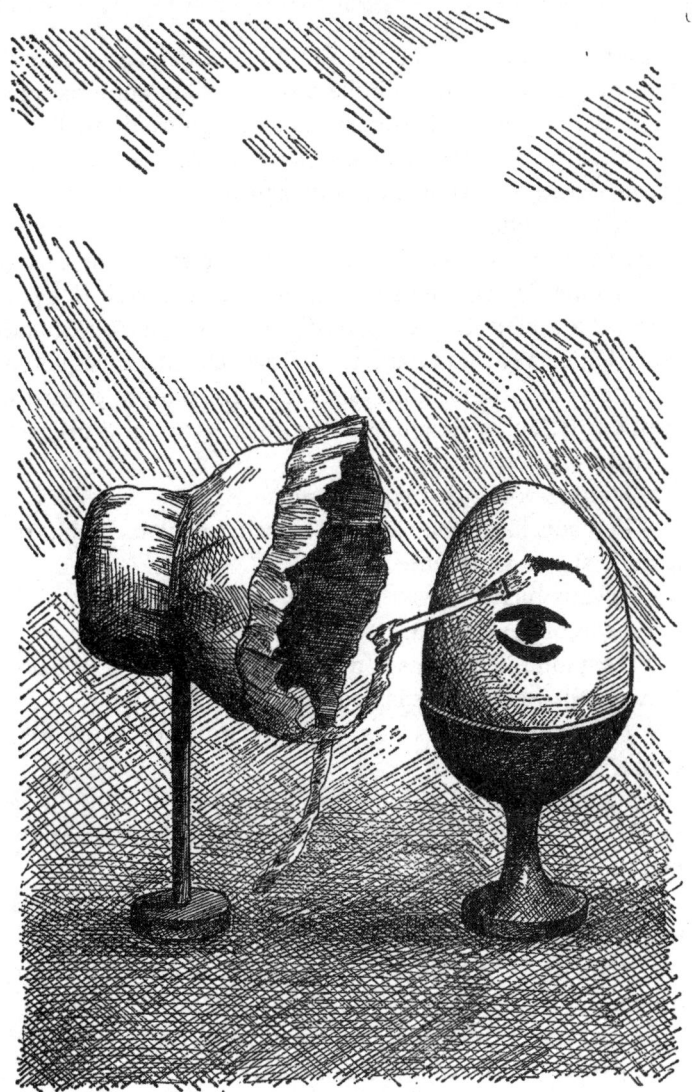

J'ai abandonné la peinture…

La plage commençait à se remplir. La Princesse aspirait avec délices les relents d'huile à brunir. Dans une baraque en planches grises, elle se rassasia de beignets au miel.

– Ce n'est pas que j'aime les sucreries, mais je déteste être privée de dessert. Vous n'en voulez pas ?

Jonathan refusa.

En longeant la plage, ils atteignirent la terrasse d'un casino. Un groupe de musiciens en uniforme interprétait des rengaines d'autrefois. Le plus jeune d'entre eux devait être grand-père. Un serveur au visage creusé par les embruns guettait les consommateurs. Une rafale de vent plaqua contre sa jambe une feuille de journal. Il s'en débarrassa d'un geste auguste.

– Dansez-vous ? demanda Angine.

– J'en suis incapable. Je peux marcher en vous tenant par la taille si cela vous tente.

– Je veux bien.

Le garçon les aborda.

– Il est interdit de danser, dit-il en rougissant de confusion. Nous ne possédons pas la licence.

– Nous ne dansons pas, répliqua Angine, nous marchons.

Le garçon se tordit les mains.

– Vous seriez gentils d'aller marcher ailleurs, nous risquons une grosse amende.

Le chef d'orchestre vint chuchoter à l'oreille de Jonathan :

– Attendez-nous au bout de la jetée. Nous vous rejoindrons.

Effectivement, les musiciens leur offrirent un concert privé, et le garçon, pour les remercier d'avoir été compréhensifs, leur apporta deux citronnades payées par la maison.

Cette nuit-là, ils dormirent sur la plage.

Le lendemain, vers midi, ils pénétraient dans Lisieux.

En dépit des assertions de Coffee, les arbres étaient dépourvus de voiles.

Chapitre XXI

La maison de l'oncle était une vaste bâtisse blanche ornée de céramique et entourée d'arbres. Au-dessus de la porte, une pancarte rutilante indiquait :

ASILE DE VIEILLARDS DE LISIEUX

– Allons bon. Cela ne va pas nous faciliter les choses. Quel est le nom de votre oncle ?

– Mon père avait coutume de l'appeler Quinze-Ans.

– Quinze-Ans ?

– Oui, j'imagine qu'il a dû avoir quinze ans un jour.

_ Quel est le nom de votre père ? Ce n'est pas Courant d'Air, n'est-ce pas ?

– Mon père s'appelait le Roi, et moi je suis la Princesse Angine.

Jonathan plongea ses yeux dans ceux de la fillette.

– Nous n'aboutirons à rien si vous ne m'aidez pas. Je dois connaître le nom de votre oncle. Est-ce le frère de votre père ?

– Non, c'est le mari de ma tante. Elle, son nom c'est Tante. Mais elle a aussi des surnoms !

– Vous voulez dire que Tante est son nom ?

– Ce n'est pas celui de mon oncle, hurla Angine.

– Comment s'appelle votre oncle ?

— Quinze-Ans.

Jonathan n'insista pas. Il pressa l'index contre le bouton qui se trouvait à côté de la porte. Une série de trottinements parvint de l'intérieur. Un très vieil homme en chemise de nuit leur ouvrit.

— Vous désirez ?

— Je voudrais parler au Directeur.

— À quel sujet ? Vous avez rendez-vous ?

— C'est personnel.

Le vieillard disparut, pour revenir quelques instants plus tard porteur d'un tabouret sur lequel il s'installa en soupirant.

— Excusez-moi. À mon âge on se fatigue vite, la conversation risque de se prolonger. Vous disiez ?

— Je voudrais voir le Directeur.

Le vieil homme approuva de la tête.

— Bien, très bien. Puis-je vous charger d'une commission pour lui ?

— De quelle sorte ?

— Pourriez-vous le prévenir que la qualité de la nourriture laisse à désirer et que je suis en retard de trois paquets de cigarettes ? Le pourriez-vous ? Je vous en serais reconnaissant. Surtout si vous ne révélez pas qu'il s'agit de moi. Vous direz simplement : « quelqu'un ».

— Je ne pourrais pas agir autrement, je ne sais même pas qui vous êtes. Comment peut-on joindre votre Directeur ?

— Comment ? Tout le problème est là. Comment, comment...

Le vieillard psalmodia :

— Comment, comment, comment, comment, comment, comment, comment comment comment comment...

— Vous avez prononcé « commont » au lieu de « comment », observa Angine.

— Ce n'est pas vrai ! Sale petite fille, sale menteuse ! C'est une invention pour me faire punir par le Directeur, hein? Vous verrez ce que je vous ferai, moi.

Furieux, le vieil homme prit son tabouret sous le bras et s'esquiva.

– Entrons, dit Jonathan.

Un autre vieillard, qui avait l'apparence d'une citrouille, les observait depuis la cage de l'escalier.

– Pourrions-nous parler au Directeur, s'il vous plaît, monsieur? lui demanda Jonathan.

L'homme-citrouille était, lui aussi, en chemise de nuit. Il se moucha dans un pan de son vêtement avant de répondre d'une voix enrhumée:

– De quel Directeur s'agit-il? Celui d'Avant, celui de Maintenant, celui d'Après?

– Celui de Maintenant.

– C'est moi. Quel est votre problème?

– J'aimerais apprendre si l'oncle de cette petite fille n'est pas un de vos pensionnaires.

Le Directeur examina attentivement Angine.

– Non, je ne pense pas, déclara-t-il enfin.

– Ce qui est ennuyeux, enchaîna Jonathan, c'est que la petite ne se souvient plus du nom de son oncle. Pourriez-vous demander à vos pensionnaires s'il en est un qui soit l'oncle d'une petite fille nommée Angine?

– Sans aucun doute c'est possible, mais voyez-vous, monsieur...

– Jonathan.

– ... monsieur Jonathan, mes «pensionnaires», comme vous les désignez, sont de vieilles gens. Leur temps est compté, comme tel il est précieux. Je ne puis prendre la responsabilité de mobiliser, ne serait-ce que quelques minutes, leur vie, pour rien peut-être. C'est une très grosse responsabilité.

– N'y a-t-il pas un moment où, pour une raison quelconque, ils se trouvent tous réunis ? Nous profiterions, dans ce cas, de l'occasion pour obtenir notre renseignement.

Le Directeur se plongea dans des réflexions qui, à en juger par sa grimace, devaient être plutôt amères.

– Non, ils ne sont jamais ensemble. Ils se détestent trop pour cela. Ils s'entretueraient, c'est sûr. Ce serait un carnage. Chacun hait l'autre profondément, de toute son âme. Les mettre en présence équivaudrait à autoriser un crime inqualifiable.

Jonathan caressa son visage mal rasé. La barbe crissa doucement.

– Puis-je consulter un registre comportant les noms et adresses antérieures des pensionnaires ?

– Certainement, mais le registre dont vous parlez ne se trouve pas en ma possession. C'est le Directeur d'Avant qui l'a volé. Il refuse de s'en séparer et dort en sa compagnie. Je lui permets de conserver le document qui, mon Dieu ! ne possède qu'une valeur relative.

– Puis-je voir le Directeur d'Avant ?

– Suivez-moi. Il habite dans la cave.

Le Directeur conduisit ses visiteurs jusqu'à un escalier qui ressemblait à un trou tant il était sombre et escarpé.

– Voilà, c'est au fond. Il y a une porte. Je ne vous accompagne pas, car le pauvre homme n'éprouve aucune sympathie pour moi. C'est normal. Il m'en veut de lui avoir succédé, comme j'en veux à celui qui me succédera. Venez me rendre compte du résultat de votre visite avant de partir. Je ne bouge pas.

Angine et Jonathan s'engagèrent prudemment dans l'escalier. Au bout d'une centaine de marches, ils se trouvèrent devant une porte. Lorsque Jonathan frappa, un visage émacié apparut derrière un guichet.

– Vous êtes seuls ?
– Oui.
– Entrez vite.

Le reclus s'empressa de remettre le verrou dès qu'ils furent entrés.

— C'est lui qui vous envoie ? Le Directeur de Maintenant ?

— Oui, nous cherchons à obtenir un renseignement. Je désirerais consulter certain registre...

— Et il a eu le culot de prétendre que je l'avais volé ? En réalité, c'est lui qui l'a perdu, mais il a trop peur d'être destitué s'il l'avoue. Je n'ai pas ce registre, je l'ai déjà répété plus de mille fois et je continuerai tant qu'il me restera un souffle de vie entre les lèvres.

— Connaissez-vous les hôtes de cette maison ?

— Oui. Cela n'a rien d'agréable, d'ailleurs. Ils sont moins d'une quinzaine. Nous avons eu beaucoup de grippes ces temps-ci.

— Je cherche l'oncle de cette petite fille, expliqua patiemment Jonathan, elle ignore son nom. Quelqu'un a-t-il jamais mentionné devant vous sa nièce Angine ?

— Non, jamais.

— Quelqu'un a-t-il évoqué une princesse ? Un roi ? Un chancelier ? Le Marquis des Vitamines ?

Le vieillard secouait la tête en répétant son éternel : « Non, je ne vois pas, non je ne vois pas. »

— Depuis combien de temps êtes-vous installés ici ? La pancarte a l'air toute neuve.

— Depuis une semaine. Avant nous étions place du Chasseur.

Jonathan serra la main de l'ancien Directeur et poussa Angine devant lui dans l'escalier. L'homme-citrouille les attendait à sa place favorite.

— Avez-vous eu votre renseignement ?

— Pouvez-vous me fournir l'adresse de l'homme qui habitait la maison avant votre installation ?

— Le docteur Pakuff ?

Je désirerais consulter certain registre...

– C'est un médecin ?

– Je crois. Un spécialiste. C'était un homme bizarre. Je n'en ai jamais su très long sur lui. Il a vendu sa maison pour aller s'installer à Lourdans, près de Lourdes. Je ne peux rien vous dire de plus.

Jonathan remercia. Avant de franchir le seuil, il posa une ultime question :

– Où se trouve le Directeur d'Après ?

– En vacances, chez sa nourrice, répondit l'homme-citrouille, en reniflant. Si vous avez un message à lui transmettre, confiez-le-moi, je le lui ferai parvenir...

Après être sortis de l'asile de vieillards, Jonathan et la Princesse se rendirent chez le plus proche antiquaire. Celui-ci leur remit cinq billets de banque en échange d'un service à café en porcelaine, du pire goût.

Une assez bonne affaire, somme toute.

Chapitre XXII

Le camion filait vers Lourdans. Les rares voitures qui circulaient sur la route étaient presque invisibles dans le crépuscule.

– Le Chancelier possédait un nez... deux pieds... une bouche...

La petite fille se tut, puis reprit :

– Il avait aussi deux yeux... et deux mains. C'était un homme tout à fait complet. Une fois, mon frère a voulu lui offrir un abcès. Il a refusé, car il en avait déjà un !

Jonathan ouvrit la bouche. Le rire d'Angine fusa.

– Vous ne vous doutiez pas que j'avais un frère ! Son nom commence par un prénom.

– Où est-il ?

– À la guerre. C'est le soldat le plus courageux du monde. Il a renvoyé son casque et son fusil au palais. Il se bat mains nues, mains pleines, d'une main, de l'autre, sans les pieds, petit rouleau, grand rouleau, et le reste. Il a toujours été intrépide. Petit, déjà, il accompagnait ma grand-mère au jardin. Il y avait tant de serpents qu'elle leur coupait la tête avec ses ciseaux d'argent. Mon frère ramassait les têtes pour assaisonner le potage.

Elle demeura un moment absorbée par ses pensées.

– Bien entendu, vous ne m'imaginiez pas capable d'avoir un frère. Ni des amis. Vous étiez trop fier d'être le seul à vous occuper de moi. Manque de chance, je possède une multitude d'amis !

– Où habitent-ils ?

– Au royaume de mon père. Ils viendront pour les vacances.

La nuit était tombée lorsqu'ils parvinrent à Lourdans. C'était une petite bourgade composée de maisons obscures. Les seules lumières provenaient des volets de l'*Auberge de la Sangsue*. Il fallut pourtant frapper longuement avant qu'on ne consentît à leur ouvrir. La salle était vaste et enfumée. Quelques buveurs de bière, figés par la curiosité, retenaient leur souffle. Le plafond était orné de couronnes d'ail. On entendait les papillons de nuit se cogner aux lampes.

– Pouvons-nous encore manger ? demanda Jonathan dans le silence.

– Je peux vous préparer une omelette au lard, proposa l'aubergiste. J'ai aussi du fromage et de la tomme.

Les nouveaux venus s'installèrent à une table libre. Peu à peu l'animation reprit autour d'eux.

– Savez-vous où demeure le docteur Pakuff, s'enquit Jonathan, tandis que l'aubergiste posait un pichet de cidre devant lui.

Les conversations s'éteignirent instantanément. La main de l'aubergiste renversa le cidre qui se mit à mousser.

– Pourquoi posez-vous cette question ? Qu'avez-vous à voir avec lui ? C'est le laryngologue du diable. Si je vous donnais son adresse, vous me maudiriez plus tard pour l'avoir fait.

– Je ne vous maudirai pas. Je dois le consulter.

– Ce n'est pas un homme, monsieur, c'est un démon. Les vaches n'en finissent pas de crever dans le pays depuis qu'il est là. Toutes les nuits, les chiens hurlent à la mort. La maison du maire s'est écroulée. La femme de l'instituteur a fait une fausse couche.

Plusieurs consommateurs crachèrent sur le sol. D'autres se signèrent.

– Il n'y est peut-être pour rien, risqua Jonathan.

— Peut-être, fit l'aubergiste. Sa maison est la dernière du village. Vous ne pouvez vous tromper, elle ressemble à un château fort.

Il alla préparer les omelettes.

Après une nuit passée à l'auberge, Angine et Jonathan se rendirent chez le docteur Pakuff, spécialiste en laryngologie. Celui-ci les reçut en personne. Il avait un aspect effrayant, avec ses yeux noirs, sa maigreur exagérée et sa couronne de cheveux gris hérissés dans tous les sens. L'homme s'appuyait sur un bâton d'une espèce très particulière. C'est le fusil à la main que le docteur Pakuff accueillait ses visiteurs.

— Qui êtes-vous ? aboya-t-il. Avez-vous pris rendez-vous ?

— Je me nomme Jonathan. Et voici Angine votre nièce.

— Allez-vous-en ! Je ne crois pas un mot de ce que vous me racontez.

— Pouvons-nous avoir un entretien, Docteur ? J'aimerais vous expliquer la situation.

Le docteur grogna, hésita, puis finit par accepter.

— Bon, alors faites vite. Je vous préviens que je n'ai pas de temps à perdre.

Le salon était encombré d'anciennes planches d'anatomie, de monstres empaillés, d'insectes emprisonnés dans des blocs de plastique transparent.

— Asseyez-vous, proposa le docteur Pakuff, devenu un peu plus aimable. Je prends mes précautions, expliqua-t-il en montrant son fusil. Les paysans sont surexcités. Ils m'accusent de tous les accidents survenus à cent kilomètres à la ronde. De quel nom ridicule cette petite fille est-elle affublée ?

— Angine. Je ne suis pas certain qu'il s'agisse de son véritable nom. Avez-vous entendu parler d'un homme appelé Vitamines ?

Le docteur haussa les épaules.

— C'est une plaisanterie ? Je ne connais que des gens malades, possédant des noms normaux.

C'est le fusil à la main que le docteur Pakuff
accueillait ses visiteurs.

– Vous habitiez bien Lisieux avant de vous installer ici ?
– C'est exact.
– N'avez-vous pas de famille ?

Le docteur secoua la tête.

– Pas que je sache.

Jonathan avala sa salive.

– Ne possédez-vous pas un roi, un chancelier, une princesse, parmi vos relations ?

Le docteur éclata :

– Vous êtes fou, mon garçon ? C'est pour me débiter de pareilles sornettes que vous abusez de mon temps ? Parlez clairement ou sortez !

– Je vais tout vous expliquer.

Lorsque Jonathan eut terminé, le docteur Pakuff demeura songeur.

– Vous avez parcouru tout ce chemin pour me rejoindre ? Pour vous apercevoir qu'en fin de compte tout cela était pure invention, produit de l'imagination déréglée d'une petite mythomane et d'un vieil ivrogne ?

Angine commença de sangloter à petits coups, recroquevillée dans son fauteuil.

– Qu'allez-vous faire de la petite ? poursuivit le docteur. Elle est seule maintenant, sans famille, sans argent...

– Il y a le Trésor, rappela Jonathan.

L'homme haussa les épaules avec impatience.

– Balivernes !

– Les frères Barbe, l'enlèvement...

– Des bandits naïfs trompés par les bavardages du vieux. Du reste, ils n'ont rien trouvé. Non, croyez-moi, il n'y a pas un mot de vrai dans toute cette histoire. Vous avez été troublé par la personnalité d'une petite fille désaxée.

Le docteur alla chercher une bouteille de cognac et deux verres.

– J'ai peut-être été un peu brusque avec vous, tout à

Vous êtes fou, mon garçon?

l'heure. Il ne faut pas m'en garder rancune. Je suis énervé par l'ambiance du village et les stupides racontars de ces ignorants. Votre histoire m'intéresse.

Ils burent une gorgée d'alcool.

Angine pleurait toujours. Jonathan lui passa la main dans les cheveux, mais elle se dégagea.

– Il faudrait retrouver sa véritable identité, apprendre d'où elle vient. La police s'en chargera. En cas d'échec, une institution spécialisée pourra toujours s'occuper d'elle. Il existe des établissements conçus tout exprès pour ce genre d'enfants. Il ne sera pas facile de la ramener à une existence normale. Vous avez déjà fait plus que votre possible. Je me sens un peu responsable de vous décevoir. Je puis vous aider à entreprendre les démarches…

Jonathan alluma une cigarette.

– Vous pourriez vous en occuper, Docteur ?

– C'est la moindre des choses. Je vais immédiatement téléphoner à un ami. Il m'indiquera la marche à suivre. Je reviens tout de suite.

Il passa dans la pièce voisine.

– Venez, Princesse, chuchota Jonathan.

Ils allèrent sur la pointe des pieds jusqu'à la porte d'entrée qu'ils refermèrent sans bruit derrière eux. Ils grimpèrent dans l'éléphant.

– Il téléphonait sûrement à Gujine, fit Jonathan. Elle va lui grignoter l'oreille quand elle saura qu'il nous a laissés échapper.

Angine essuya ses yeux rouges.

– Vous n'y connaissez rien. C'est le nez dont elle raffole. Elle déteste les oreilles !

– Mettons que je n'aie rien dit.

Chapitre XXIII

— Plus vite, plus vite, Jonathan !

L'éléphant était lancé à la vitesse d'un bolide sur l'autoroute qui s'étranglait vers l'horizon. Le vent chantait dans les vitres.

— Nous aurons une maison au bord de la mer !

— Et trois bateaux, Princesse : l'un à moteur, l'autre à voiles, le troisième à rames.

— Et des milliers de domestiques.

— Et des machines à écrire en or massif.

Plusieurs jeunes gens à bord d'une voiture de sport les saluèrent en riant.

— Nous aurons les mêmes maladies, Jonathan. Je vous soignerai comme une mère, car je les attraperai plus tard. Je passerai ma main fraîche sur votre front brûlant. Quand nous aurons besoin d'argent, nous le volerons, et au diable le Trésor. Nous n'aurons que le strict minimum plus quelques cadeaux... mais pas de Trésor !

— C'est vrai, qu'il aille au diable !

— Je me moque des lettres et des petites cuillers, des disques et des soucoupes, des commodes et des armoires, des chèvres et des choux !

— Des cartes postales et des objets magiques !

— De la lessive et des appareils électriques !

— Vous serez encore plus belle !

– Vous m'attendrez pour m'épouser.
– Vous vous dépêcherez d'avoir mon âge.
– Vous n'aurez jamais de cheveux blancs.
– Vous n'aurez jamais mal aux dents.
– Votre vue ne baissera pas.
– Vous n'aurez pas d'acné.
– Personne ne vous fera honte.
– Vous n'aurez pas besoin de corset.
– Vous ne vous essoufflerez pas en montant les escaliers.
Angine s'assombrit brusquement.
– Désirez-vous une cigarette ?
– Je veux bien. Merci.

Quand il jeta son mégot, la petite fille prononça d'une voix altérée :

– Comme la réalité est horrible, Jonathan ! Vous avez trop fumé. Vous êtes de plus en plus enroué. Votre gorge n'est plus qu'un trou noir. Vos mains battent l'air. Vous suffoquez... Pauvre Jonathan !

Ses sanglots étaient d'une telle violence qu'elle ne parvenait pas à reprendre son souffle. Un filet de salive pendait à son menton. Elle agrippa le volant et le tourna de toutes ses forces.

Le camion escalada le remblai de béton, défonça une barrière, dévala une pente pour venir s'écraser contre un pylône qui ploya sous le choc.

Jonathan avait été projeté dans l'herbe. Il se releva péniblement. Le sang ruisselait de son front, il l'essuya à sa manche.

Là-bas, l'éléphant n'était plus qu'un amas de débris. Un peu partout, les objets magiques du Trésor Royal jonchaient l'herbe. Des papiers achevaient de retomber en planant. Une brèche noire s'était ouverte sur le flanc de l'animal, au milieu de l'inscription :

Comme issu d'une gigantesque tirelire, un flot de pièces d'or avait recouvert le sol. Une chevelure rouge en émergeait.

Des gens accouraient, s'attroupaient, s'exclamaient.

– Il y a une petite fille !
– Elle est morte !
– Et tout cet or !
– Comme c'est triste !

Il y avait tant de monde, maintenant, que la foule masquait les restes du camion. Jonathan baissa les yeux. Une pièce avait roulé jusqu'à ses pieds. Il se baissa pour la ramasser, mais elle s'effrita entre ses doigts.

... mais elle s'effrita entre ses doigts.

DU MÊME AUTEUR

Aux Éditions Buchet/Chastel
La Princesse Angine, 2003; Libretto n° 395, 2012.
Le Locataire chimérique, 1996; Libretto n° 355, 2011.

Aux Éditions du Rocher
Made in Taïwan, copyright in Mexico, 1997.
La Véritable Nature de la Vierge Marie, 1996.

Aux Éditions Dumerchez
Francis Beaudelot, 1996.
L'ambigu, 1996.

Aux Éditions du Seuil
Alice au pays des lettres, Points n° 9, 1991.
Mémoires d'un vieux con, Points n° 62, 1988.
Café panique, Points n° 5, 1982.

Chez d'autres éditeurs
Portrait en pied de Suzanne, Denoël, 2000; Folio n° 3601, 2001.
Four Roses for Lucienne, Bourgois, 1998.
L'Hiver sous la table, L'Avant-Scène Théâtre, 1997.
Jachère-Party, Julliard, 1996.
Vous savez, moi sans mes lunettes, Jannink, 1992.
Journal in time, Ramsay, 1989.
Les Combles parisiens, Séguier, 1989.
Joko fête son anniversaire, Imprimerie nationale, 1989.
Taxi Stories, Éditions Safrat-Lire c'est partir, 1987.
La Plus Belle Paire de seins au monde, Pré-aux-Clercs, 1986.

*l*ibretto

Dernières parutions

396.	DMITRI BORTNIKOV	*Le Syndrome de Fritz*
395.	ROLAND TOPOR	*La Princesse Angine*
394.	BERNARD OLLIVIER	*La vie commence à 60 ans*
393.	ALEXANDER KENT	*Deux officiers du Roi*
392.	JOSEPH CZAPSKI	*Proust contre la déchéance*
391.	MAURICE SACHS	*Chronique joyeuse et scandaleuse*
390.	SUAT DERWISH	*Les Ombres du yali*
389.	JEANNE CORDELIER	*La Dérobade*
388.	GIAMBATTISTA BASILE	*Le Conte des contes*
387.	JAMES WADDINGTON	*Un Tour en enfer*
386.	ALEXANDRE KENT	*Flamme au vent*
385.	LOUIS BROMFIELD	*Précoce automne*
384.	BERNARD OLLIVIER	*Aventures en Loire*
383.	JACK SCHAEFFER	*L'Homme des vallées perdues*
382.	RON HANSEN	*Soleil de cendre*
381.	TCHINGUIZ AÏTMATOV	*Il fut un blanc navire*
380.	ALBERT T'SERSTEVENS	*L'homme que fut Blaise Cendrars*
379.	EDWARD CAREY	*L'Observatoire*
378.	WILLIAM SAROYAN	*Une comédie humaine*
377.	THEODOR KRÖGER	*Le Village oublié*
376.	DOROTHY SCARBOROUGH	*Le Vent*

375.	HANS HABE	*La Tarnowska*
374.	W. WILKIE COLLINS	*Une belle canaille*
373.	IGNACIO DEL VALLE	*Empereurs des ténèbres*
372.	MARCELLE SAUVAGEOT	*Laissez-moi*
371.	LAWRENCE DURRELL	*Citrons acides*
370.	DAVID DONACHIE	*Une chance du diable*
369.	ROBERT LOUIS STEVENSON	*Le Trafiquant d'épaves*
368.	GILES MILTON	*La Guerre de la noix muscade*
367.	RON HANSEN	*La Nièce d'Hitler*
366.	HERMAN BANG	*Les Quatre Diables*
365.	PETER BALAKIAN	*Le Tigre en flammes*
364.	ROGER DE BEAUVOIR	*Les Mystères de l'île Saint-Louis*
363.	ALBERT T'SERSTEVENS	*Les Corsaires du Roi*
362.	MARCELO FIGUERAS	*La Griffe du passé*
361.	RODERICK CONWAY MORRIS	*Djem*
360.	ALEXANDER KENT	*Honneur aux braves*
359.	CARLOS BAUVERD	*Post Mortem*
358.	W. WILKIE COLLINS	*Mari et Femme*
357.	JACK LONDON	*La Fille de la nuit*
356.	FRANÇOISE CLOAREC	*Séraphine*
355.	ROLAND TOPOR	*Le Locataire chimérique*
354.	MARGARET DRABBLE	*La Sorcière d'Exmoor*
353.	EMMANUEL DARLEY	*Un des malheurs*
352.	RAFAEL SABATINI	*Le Faucon des mers*
351.	ROY PARVIN	*La Petite-Fille de Menno*

350.	MORIS FARHI	*Jeunes Turcs*
349.	DAVID STOREY	*Ma vie sportive*
348.	SLAVOMIR RAWICZ	*À marche forcée*
347.	ROLAND PIDOUX	*Les Clochards d'Asmodée*
346.	ALEXANDER KENT	*Victoire oblige*
345.	SERGIO ATZENI	*Le Fils de Bakounine*
344.	ILIJA TROJANOW	*Le Collectionneur de mondes*
343.	JOSEF MARTIN BAUER	*Aussi loin que mes pas me portent*
342.	WILLIAM DALRYMPLE	*Dans l'ombre de Byzance. Sur les traces des chrétiens d'Orient*
341.	DAVID MADSEN	*Le Nain de l'ombre*
340.	CLAUDE FARRÈRE	*Thomas l'Agnelet*
339.	GEORGES BERNANOS	*Un crime*
338.	MIKLÓS BÁNFFY	*Que le vent vous emporte. Chronique transylvaine*, t. 3
337.	KENNETH GRAHAME	*Le Vent dans les saules*
336.	CARLO GÉBLER	*Comment tuer un homme*
335.	KLAUS MANN	*Speed*
334.	ANA MARÍA MATUTE	*La Tour de guet*
333.	MÉLANI LE BRIS	*La Cuisine des flibustiers*
332.	JANE DIEULAFOY	*L'Orient sous le voile. De Chiraz à Bagdad, 1881-1882*
331.	J. SHERIDAN LE FANU	*Les Mystères de Morley Court*
330.	DOROTHY PARKER	*Hymnes à la haine*
329.	ALEXANDER KENT	*Cap sur la Baltique*
328.	MIKLÓS BÁNFFY	*Vous étiez trop légers. Chronique transylvaine*, t. 2

327.	PIERRE LOTI	*Fantôme d'Orient et autres textes sur la Turquie*
326.	JACK LONDON	*Face de Lune*
325.	VICTOR BARRUCAND	*Avec le feu*
324.	IVY COMPTON-BURNETT	*Une famille et une fortune*
323.	ALEXANDRE DUMAS	*Le Chevalier d'Harmental*
322.	WILLIAM WILKIE COLLINS	*Secret absolu*
321.	ERNEST SHACKLETON	*Au cœur de l'Antarctique*
320.	ROSAMOND LEHMANN	*Le Jour enseveli*
319.	JANE DIEULAFOY	*Une amazone en Orient*
318.	JACK LONDON	*La Croisière du « Dazzler »*
317.	ROBERT-LOUIS STEVENSON	*Dr Jekyll et Mr Hyde*
316.	CECIL SCOTT FORESTER	*Lieutenant de marine. Capitaine Hornblower*, t. 2
315.	CECIL SCOTT FORESTER	*Aspirant de marine. Capitaine Hornblower*, t. 1
314.	BERYL MARKHAM	*Vers l'ouest avec la nuit*
313.	ARNOLD HENRY SAVAGE LANDOR	*La Route de Lhassa. À travers le Tibet interdit, 1897-1898*
312.	SYLVAIN TESSON	*Vérification de la porte opposée*
311.	LOUIS BROMFIELD	*Mrs Parkington*
310.	JOSEPH O'CONNOR	*Les Bons Chrétiens*
309.	JACK LONDON	*Les Tortues de Tasmanie*
308.	TOM REISS	*L'Orientaliste. Une vie étrange et dangereuse*

307.	ADOLPHUS WASHINGTON GREELY	*Les Naufragés du pôle. Trois années d'errance dans l'enfer blanc, 1881-1884*
306.	MIKLÓS BÁNFFY	*Vos jours sont comptés. Chronique transylvaine*, t. 1
305.	ALEXANDER KENT	*Combat rapproché*
304.	GUY BOOTHBY	*Docteur Nikola*
303.	ROGER VAILLAND	*Drôle de jeu*
302.	JACK LONDON	*La Force des forts*
301.	JEAN MALAQUAIS	*Planète sans visa*
300.	JOSEPH SHERIDAN LE FANU	*La Maison près du cimetière*
299.	FERDYNAND OSSENDOWSKI	*De la présidence à la prison*
298.	ALEXANDRE DUMAS	*Ali Pacha*
297.	BADÎ' AL-ZAMÂNE AL-HAMADHANI	*Le Livre des vagabonds. Séances d'un beau parleur impénitent*
296.	WILLIAM WILKIE COLLINS	*Seule contre la loi*
295.	ROSAMOND LEHMANN	*Poussière*
294.	ELIZABETH BOWEN	*Les Cœurs détruits*
293.	ARMÍN VÁMBERY	*Voyage d'un faux derviche en Asie centrale, 1862-1864*
292.	GEORGES WALTER	*Enquête sur Edgar Allan Poe*
291.	JACK LONDON	*Jerry, chien des îles*
290.	ELIZABETH GOUDGE	*L'Arche dans la tempête*

*Cet ouvrage
a été achevé d'imprimer
en septembre 2012
par l'imprimerie Normandie Roto Impression s.a.s.
61250 Lonrai
N° d'imprimeur : 12-2777*

Imprimé en France

Dépôt légal : septembre 2012